F. M. Mayor

Die dritte Miss Symons

Roman

Deutsche Erstausgabe

F. M. Mayor

Die dritte Miss Symons

Roman

Aus dem Englischen übersetzt mit einem
Nachwort von Meike E. Fritz

*Anglophilia – die besondere
Bibliothek*

Band 5

*Bibliografische Information der Deutschen National-
bibliothek: Die Deutsche Nationalbibliothek
verzeichnet diese Publikation in der Deutschen
Nationalbibliografie; detaillierte bibliografische
Daten sind im Internet über http://dnb.dnb.de
abrufbar.*

Die englische Originalausgabe erschien 1913 unter
dem Titel „The third Miss Symons",
Hutchinson & Co. Ltd., London
Copyright © 1913 F. M. Mayor
Copyright © The Estate of Flora Macdonald Mayor

Copyright der deutschen Übersetzung und des
Nachworts © 2023 Meike E. Fritz

Umschlaggestaltung unter Verwendung einer
Illustration von Pierre Joseph Redouté, 1833

Herstellung und Verlag: BoD – Books on Demand,
Norderstedt

ISBN: 978-3-756-87239-8

1. Kapitel

Henrietta war die dritte Tochter und das fünfte Kind von Mr und Mrs Symons, sodass die Begeisterung für Babys bei beiden Elternteilen nachgelassen hatte, als sie geboren wurde. Und doch kam sie nicht umhin, in ihren ersten Monaten bedeutsam zu sein und eine Menge Zeit zu beanspruchen. Als sie zwei Jahre alt war, wurde ein weiterer Junge geboren, und sie verlor die ehrenwerte Stellung der Jüngsten. Mit fünf Jahren erreichte ihr Leben den Zenit. Sie wurde ein sehr hübsches, bezauberndes Mädchen, so wie es ihre zwei älteren Schwestern vor ihr gewesen waren. Sie war nicht nur hübsch, sondern nahm plötzlich auch eine Haltung von Zuvorkommenheit und Würde an, die alle gefangen nahm. Einige sehr kleine Mädchen erwarben diese Haltung – woher sie rührt, weiß keiner. In diesem Fall sicher nicht von Mr und Mrs Symons, die besonders unbeholfen waren. Etta, wie sie genannt wurde, wurde häufig aus dem Kinderzimmer geholt, wenn Besucher kamen. Auch Minna und Louie, ihre älteren Schwestern, aber alle Damen wollten sich mit Etta unterhalten. Minna und Louie hatten mit neun und elf Jahren mittlerweile das hässliche, uninteressante Stadium erreicht, und sie hegten einen Groll gegen Henrietta, denn sie hatte die Liebkosungen vereinnahmt, die sonst ihnen zugedacht waren. Sie nahmen Rache, indem sie sich unendlich viele Geheimnisse zuflüsterten, von denen Etta flüchtige Sätze hören konnte. „Ellen sagte, sie weiß, dass

Arthur sehr ungezogen war, weil … Aber wir werden es Etta nicht erzählen." Sie war sehr anfällig für Bemerkungen, und das Geschmuse war nicht gut für sie.

Als sie acht war, war ihr Zenit vorbei und ihre unscheinbare Phase begann. Ihr Charme ging, um nicht mehr zurückzukommen, und sie glitt wieder in die Bedeutungslosigkeit. Mit acht Jahren konnte sie nicht mehr als Baby betrachtet werden, mit dem man spielte, und jede Menge Mäkelei wurde als notwendig erachtet, um das vorherige Verwöhnen auszugleichen. In Henriettas Kindheit vor sechzig Jahren wurde die Mäkelei schonungslos angewendet. Sie verstand nicht, warum sie häufiger getadelt wurde als die anderen, und befand, dass es deshalb so war, weil Ellen und Miss Weston und ihre Mutter einen Groll gegen sie hegten.

Mrs Symons mochte keine Kinder, und während Henriettas gesamter Kindheit war sie kränklich, weshalb Henrietta sie sehr selten sah. Ihre hauptsächlichen Erinnerungen an ihre Mutter waren Maßregelungen im Salon, wenn sie etwas besonders Ungehöriges getan hatte.

Wenn sie eine von zweien oder eine von dreien in einer Familie von heute gewesen wäre, hätte man sie mehr geschätzt. Aber als eine von vier Töchtern – ein weiteres Mädchen wurde geboren, als sie acht war, – war sie nicht sehr gewünscht. Mr Symons war Anwalt in einer Provinzstadt, und das Problem, für seine sieben zu sorgen, trübte die Jahre der Kindheit für die ganze Symons-Familie. Die Kinder meinten, dass ihre Eltern sie für eine Art Belastung hielten, und in jenen Tagen gab es keinen Kindheitskult, um die Härte der Wirklichkeit zu mildern.

Die zwei älteren Jungen hatten eine Gemeinschaft zusammen, in die sie Minna und Louie gelegentlich aufnahmen. Minna und Louie hatten neben ihren Geheimnissen eine Freundin mit Namen Rosa. Harold, der jüngste Junge, brauchte niemanden – nur Spielzeuglokomotiven. Er und Etta hätten Kameraden sein sollen, aber er sagte, sie heule und erzähle Lügen, obwohl sie nicht mehr Lügen erzählte als er.

Eine große Familie sollte eine besonders glückliche Gemeinschaft sein, aber manchmal kommt es vor, dass ein Mädchen oder ein Junge nichts ist als ein mittleres Kind, das nirgendwo hineinpasste. So war es mit Henrietta, bis das jüngste Kind geboren wurde.

Unglücklicherweise hatte sie eine beinahe morbide Sehnsucht – ungewöhnlich bei einem Kind –, geliebt zu sein und bedeutsam. Jetzt hätte sie alles darum gegeben, Minnas und Louies Geheimnisse zu hören, nicht um der Geheimnisse willen, sondern als Zeichen dafür, dass sie des Vertrauens würdig war. Sie erledigte beständig für alle Gefälligkeiten, aber sie brach den Kopf von Arthurs Nelke ab, als sie sie von seinem Schlafzimmer in den Garten brachte, und sie verriet Williams Geheimnis, das er ihr in einem ungewöhnlichen Anfall von Leutseligkeit erzählt hatte, mit der Absicht, dass sie sich bei Minna einschmeicheln könnte. Das empörte William und machte Minna nicht versöhnlich. Sie wuchs schnell und war ein wenig schwächlich. Das machte sie reizbar, aber von ihren Brüdern und Schwestern, die alle mit großer Regelmäßigkeit wuchsen, konnte nicht erwartet werden, dass sie Schwächlichkeit verstanden. Sie sagte immer, dass es ihr leidtue, nachdem sie mürrisch gewesen war, aber sie, die keine Launen hatten, konnten nicht sehen, dass das die Dinge besser machte.

In ihrer Einsamkeit erdachte sie sich, wie viele andere vereinsamte Kinder, eine Fantasiefreundin. Es war ein kleines Mädchen, zwei Jahre älter als sie, denn Henrietta zog es vor, aufzusehen und selbst in einer unterlegenen Position zu sein. Aus diesem Grund machte sie sich nicht viel aus Puppen, wo sie die entschieden Überlegenere war. Sie nannte ihre Freundin Amy. Amy schlief bei ihr, half ihr beim Lernen, erzählte ihr beständig Geheimnisse und nörgelte über die anderen Kinder.

Eines Tages spielten sie alle Verstecken. Das Los fiel auf sie und William, nun vierzehn, sich zu verbergen. Sie versteckten sich an einem dunklen Flecken in einem kleinen Gehölz am Ende des Gartens. Die anderen konnten sie nicht finden, und es gab viel Zeit, sich zu unterhalten. William war ein netter Junge und eine ziemliche Plaudertasche, bereit, sich vor jedem Zuhörer auszulassen, selbst vor einer Schwester von neun Jahren. Henrietta begriff nie, wie es dazu kam, dass sie ihm von Amy erzählte. Es war immer ihr fester Vorsatz gewesen, dass es ihr eigenes höchstes Geheimnis sein sollte, das niemals enthüllt werden durfte. Doch die ungewöhnliche Wärme der Unterhaltung stieg ihr zu Kopf. Es war in einem Rausch von Glückseligkeit, dass sie ihr Geständnis ausschüttete. Das Gestrüpp war so dunkel, dass Williams Gesicht nicht zu sehen war, doch er begann unruhig zu werden und unterbrach bald: „Sag mal, die anderen brauchen aber lange, es muss Teezeit sein. Lass uns gehen und sie finden."

Es war freundlich von William, ihr Geständnis so sanft zu unterbrechen, aber die Enttäuschung war schmerzlich. Sie war zu einer Höhe der Glückseligkeit hochgehoben worden. Als Ellen ihr abends die Haare bürstete, bemerkte sie ihren trübseligen Ausdruck, und da sie wirklich um Henriettas Mangel an Kontrolle besorgt war, sagte sie bekräftigend, dass kleine Mädchen niemals weinerlich sein dürfen. Als die Lampe ausgelöscht wurde, schluchzte sich Henrietta in den Schlaf, und sie blickte auf diesen Abend als den traurigsten ihrer Kindheit zurück.

Nicht lange danach wurde das letzte Kind geboren, ein kleines Mädchen. Sie waren alle weggeschickt worden, und Henrietta, die allein zu einer Tante gefahren war, kam später als die anderen zurück; sie hatten den Neuankömmling gesehen und hatten ihre sehr gemäßigte Begeisterung überwunden. Ellen fragte Henrietta, ob sie einen Blick auf ihre kleine Schwester werfen wolle. Als Henrietta sie sah, beschloss sie, dass sie ihr eigenes Baby sein sollte. „Oh, du kleiner Liebling, du süßes, süßes Baby!", murmelte sie immer wieder. „Jetzt sind Sie glücklich, nicht wahr,

9

Miss Etta?", sagte Ellen; ihr hatte Henrietta immer leidgetan, ausgeschlossen zu werden.

Das Baby verbesserte Ettas Umstände außerordentlich. Ellen gestattete ihr, zu helfen, und sie hatte etwas, um das sie sich kümmern konnte, sodass sie weniger Anlass hatte, Unterhaltungen mit ihrer Fantasiefreundin zu führen. Als sie älter wurde, erwiderte die kleine Evelyn ihre Zuneigung mit dankbarer Bevorzugung, doch sie war sehr gutmütig und mochte jeden und stellte sich nicht gegen Minna und Louie, wie es sich Henrietta wünschte. Sie erreichte das hübsche Alter und war hübscher und bezaubernder als alle anderen. Als das hübsche Alter vorüber sein sollte, blieb sie so attraktiv wie immer und genoss weiterhin allgemeine Beliebtheit. Das war ernüchternd für Henrietta; sie hätte es vorgezogen, wenn sie gemeinsam Ausgestoßene gewesen wären. Dennoch war es stets Etta, die Evelyn am meisten mochte.

Als Evelyn vier war und Henrietta dreizehn, wurde Evelyn ein Kanarienvogel geschenkt. Er wurde nie interessant, denn er wollte nicht von ihrem Finger aus essen, aber sie kümmerte sich so um ihn, wie man es von einem Kind von vier Jahren erwarten konnte. Der Kanarienvogel starb und wurde begraben, als Evelyn eine Erkältung hatte und im Bett lag, und Henrietta ging allein in die Stadt, gegen die Vorschriften, und sie gab all ihr Erspartes in einem kleinen, schäbigen Vogelladen aus, um einen räudigen Kanarienvogel zu erstehen. Sie brachte ihn zurück und setzte ihn in den Käfig, und als Evelyn als Genesende ins Kinderzimmer kam, versuchte sie ihn als Evelyns original Kanarienvogel unterzuschieben. Dieses merkwürdige Verhalten brachte ihr große Schande ein. Ihre einzige Erklärung war: „Ich wollte nicht, dass Evelyn erfährt, dass Dickie tot ist. Ich finde, tot sein ist so scheußlich, und ich möchte nicht, dass sie scheußliche Dinge kennt." Mrs Symons und die Gouvernante fanden das höchst unerklärlich.

„Etta ist ein sehr schwieriges Kind", sagte Mrs Symons, „sie ist immer so ganz anders als die anderen gewesen, und jetzt diese scheußliche Unwahrheit. Ich finde immer, dass die Unwahrheit stets etwas völlig anderes ist. In diesen schrecklichen, schmutzigen kleinen Laden zu gehen! Sie müssen sehr gut auf sie achtgeben, Miss Weston, und mich wissen lassen, wenn es weitere Täuschungen gibt."

„Mir ist zuvor nie etwas aufgefallen, Mrs Symons, aber ich werde besonders achtgeben." Und Miss Weston unternahm die aufwändigsten Vorsichtsmaßnahmen, damit es im Unterricht keine Täuschungen gab, was Henrietta zutiefst übelnahm, da sie, wie der Großteil der Mädchen, einen Abscheu vor Betrug hatte.

2. Kapitel

Kurz nach dem Vorfall mit dem Kanarienvogel kamen die drei älteren Mädchen zur Schule. Als ihr erstes Heimweh vorüber war, genoss Henrietta das Leben. Es war streng, aber auch das Zuhause war streng gewesen, und hier gab es viel mehr Abwechslung. Sie war aufgeweckt und fand aufrichtige Begeisterung am Unterricht; die langweilige, einfältige Miss Weston hatte sie überlegen gefunden.

Ihr hätte die Schule noch mehr gefallen, wenn ihr Temperament besser unter Kontrolle gewesen wäre. Doch mit dreizehn hatte sie sich die üble Laune zur Gewohnheit gemacht. Sie fasste ihre Gefühle nicht gerade in Gedanken, aber es gab den Eindruck in ihrem Verstand, dass, da sie ihn so häufig in ihrem Leben verloren hatte, es ihr gestattet sein sollte, als Trost übellaunig zu sein. Das bescherte ihr ständig Konflikte, die niemanden so unglücklich machten wie sie.

Sie hatte zwei große Interessen in der Schule: Miranda Hardcastle und Miss Arundel. Miranda war die Art von Mädchen, die jeder immer anbeten würde, sehr hübsch, sehr amüsant und mit sehr höflichen Umgangsformen. Henrietta wurde sofort ein Opfer, und Miranda, die jede Bewunderung aufnahm, schenkte Henrietta im Gegenzug wohlwollende Freundschaft. Henrietta rackerte sich für sie ab, erledigte so viele ihrer Schulaufgaben, wie sie konnte, huldigte all ihren Bemerkungen, großzügig belohnt mit Mirandas willkommenem

Lächeln und ihrem „Ich habe mich richtig nach dir gesehnt, mein Kind; komm und hör sofort mein Französisch ab, wie ein Engel."

Dieser glückliche Zustand hielt an, bis Henriettas Laune, über die sie sorgfältig gewacht hatte, in Mirandas Gegenwart unglücklicherweise Zeichen von Aktivität zeigte. Das erste Mal, als es passierte, machte Miranda ihre großen Augen ganz weit auf und sagte: „Was ist denn mit meiner jungen Freundin los, hat sie die Wutkrankheit? Ich werde mich bemühen und sie mit Freundlichkeit heilen und ihr Schokolade schenken."

Henriettas Wolken verzogen sich, aber sie wurde nicht immer so leicht wieder in gute Stimmung versetzt; und Miranda, der die ganze Schule zu Füßen lag, wollte schlechte Laune nicht hinnehmen, eine Schwäche, die im Allgemeinen am wenigsten von Mädchen verziehen wurde. Henrietta hatte eine herzzerreißende Szene mit ihr: mit fünfzehn liebte sie herzzerreißende Szenen. Miranda mochte Beliebtheit zu gern, um Henrietta völlig aufzugeben, deshalb blieben die beiden befreundet, aber sie waren nicht länger miteinander vertraulich.

Miss Arundel war die Schwester der Direktorin und erteilte all die schweren Fächer, die nicht in den Händen von Lehrern lagen. Sie besaß nicht viele äußerliche Reize im Gesicht oder an der Figur, aber Schulmädchen werden wissen, dass das nicht so sehr von Bedeutung ist. Sie wurde bewundert, vermutlich weil sie schlechter Laune war (schlechte Laune ist ein Vorzug bei einem Lehrer), die dazu neigte, unerwartet hervorzutreten; dann war sie schlau und enthusiastisch und gab guten Unterricht. Sie wählte Henrietta aus, und es sprach sich herum, dass sie gesagt hatte: „Etta Symons ist ein interessantes Mädchen, sie hat Möglichkeiten. Ich frage mich, wie sie sich entwickeln wird." Es sprach sich auch herum, dass Miss Arundel gesagt hatte: „Ich wünschte nur, sie hätte mehr Kontrolle und Beharrlichkeit im Streben", doch diesen Satz wischte Henrietta sich aus dem Sinn. An den ersten Satz dachte sie stundenlang und machte sich daran, interessanter zu sein denn je. Tatsächlich war sie einige Tage derart affektiert und zum Verzweifeln, dass Miss Arundel sich kaum beherrschen konnte. Und doch, sogar Miss Arundels Sarkasmus war erträglich, alles war erträglich nach dieser erfreulichen Bemerkung.

Als Miranda aufhörte, ihre besondere Freundin zu sein, übertrug sie ihr ganzes Herz und ihre Seele auf Miss Arundel. Sie lauerte ihr mit Blumen auf, lungerte im Flur herum in der Hoffnung, sie vorbeigehen zu sehen, und diente ihr so weit, wie sie wagte. Einigen Lehrern gefiel Mädchenschwärmerei, und sie strengten sich sogar an, sie zu sichern. Miss Arundel hatte genug davon, um es unangenehm zu finden. Deshalb ließ sie in Gegenwart von ein oder zwei aus Henriettas Kreis verlauten, dass sie es bedauerlich fände, wenn Etta Symons so viel von ihrem Taschengeld für Sträußchen verschwendete, die nur wenig Freude bereiteten, sicherlich nicht ihr, die starke Düfte besonders ablehnte; sie denke, das Geld könnte viel besser verwendet werden.

Jessie Winsley wiederholte diese Äußerung Henrietta gegenüber, nicht darüber nachdenkend, was für eine Qual das verursachen würde. Henrietta besaß sehr wenig Stolz, sehr wenig richtigen Stolz; es machte ihr überhaupt nichts aus, weit mehr zu geben, als sie bekam. Aber diese Äußerung, die letztlich nicht sehr boshaft war, brachte sie zur Verzweiflung. Sie ging zu Miranda, die sie in den Arm nahm und sagte: „Alte Katze! Barbarische alte Katze! Denke nicht mehr an sie, sie ist es nicht wert. Versuch's mit dem lieben Stanley, er ist ein Schatz; Männer sind viel netter." Stanley war der Zeichenlehrer.

Aber schließlich brauchte man ein wenig Ermutigung, um mit Bewunderung zu beginnen, und da Henrietta nie zeichnen konnte, bekam sie von Stanley keine. Im Übrigen war sie beständig, deshalb grübelte sie stattdessen über Miss Arundel nach. Sie war nicht so unglücklich gewesen, als sie ihre Miranda und ihre Miss Arundel gehabt hatte. Nun hatte sie beide verloren. Miss Arundel mit ihrem kühlen, leidenschaftslosen Interesse war natürlich nie „gehabt" worden, aber Henrietta hatte sich eingebildet, es sei eine Art Anfang für eine Freundschaft, als Miss Arundel sagte: „Ja, ganz richtig, das ist eine gute Antwort." Sie, Henrietta, klein und unbedeutend, wurde für Miss Arundels Freundschaft auserwählt; das war, was sie glaubte. Sie verstand nicht, dass es möglich war, sich nur um die geistige Entwicklung zu sorgen.

Als sie für die Konfirmation vorbereitet wurde, gab es ernste Gespräche über ihren Charakter. Dem Pfarrer, dessen Unterricht sie besuchte, ging es vor allem um die Lehren und Mrs Marston darum, was man als Auflistung von Lastern und Versuchungen bezeichnen könnte, vor denen sich Schüler selbst hüten müssen. Miss Arundel sprach mit ihr über ihre unordentlichen Aufgabenbücher, ihre Unpünktlichkeit, ihre laute Stimme auf dem Flur und ihre runden Schultern, und erklärte sehr gründlich, dass Unaufmerksamkeit in diesen relativen Kleinigkeiten einen grundsätzlichen Mangel an Selbstkontrolle zeigten. Sie sprach nicht über ihre Gemütsart, denn Henrietta hatte viel zu viel Angst vor ihr, um Anzeichen von Launenhaftigkeit in ihrer Nähe zu zeigen. Miss Arundel gab ihr nicht die Gelegenheit, sich von dem Problem zu entlasten, das ihr auf dem Herzen lag, nicht dass sie die Gelegenheit ergriffen hätte, wenn sie sich ergeben hätte, nicht nach der Äußerung über die Sträußchen. Das war das Problem: Warum mochte man sie nicht? – sie, für die Liebe so viel bedeutete, dass, wenn sie sie nicht hätte, nichts sonst auf der Welt es wert war, zu besitzen. Es hatte Evelyn gegeben, das ist wahr, aber nun hatte Evelyn Unterricht mit einer kleinen Freundin in ihrem eigenen Alter, und sie und die Freundin waren sich selbst genug und brauchten Henrietta in den Ferien nicht. Henrietta fand, dass sie nicht hässlicher, dümmer oder langweiliger war als jeder andere. Es gab eine große Gruppe in der Schule, die hässlich, dumm und langweilig war, und sie waren einander zugetan, aber keiner von ihnen machte sich etwas aus ihr. Warum hatte Gott sie auf die Welt geschickt, wenn sie nicht gebraucht wurde? Sie fand das Problem unlösbar, doch ein wenig wurde es erhellt durch eines der Mädchen.

Sie hatte mit ein oder zwei Klassenkameradinnen herumgemurrt wegen der Nachmittagsvorbereitungen und war wütend allein weggestolziert. Sie spürte eine Berührung am Arm, und als sie sich umwandte, erblickte sie Emily Mence, ein ziemlich ungehobeltes, schlaues Mädchen, das sie kaum kannte.

„Ich bin nur gekommen, um zu sagen: Warum bist du so ein Idiot?"

„Ich?"

„Ja, warum verlierst du derart die Fassung? Alle Mädchen lachen über dich; das tun sie immer, wenn du böse wirst."

„Dann finde ich aber, dass das gemein von ihnen ist."

„Nun, das kann dich nicht verwundern; natürlich kann man dich nicht ausstehen, wenn du so böse bist."

„Kann man nicht?", sagte Henrietta. „Und das Einzige auf der Welt, was ich mir wünsche, ist, gemocht zu werden."

„Wirklich? Du willst, dass dich diese Mädchen mögen; sie sind solche albernen kleinen Dinger."

„Das würde mir nichts ausmachen, wenn sie mich nur gern haben."

„*Ich* mag dich", sagte Emily. „Erinnerst du dich, dass du meintest, Charles I hätte es verdient, dass ihm der Kopf abgeschlagen wurde, weil er so dämlich war, und alle anderen schwärmten für ihn."

„Hab' ich das?"

„Es gefällt mir nicht, dass die anderen Mädchen über dich lachen; deshalb dachte ich, dass ich es dir sagen sollte." Sie gingen den Weg auf und ab und redeten über Charles I. Hier schien es den Beginn einer Freundschaft zu geben, doch er wurde im Keim erstickt, denn Emily ging unerwartet am Ende des Schuljahres ab. Henrietta erhielt keine weiteren Offerten von einem der Mädchen.

Emilys Worte hatten jedoch Eindruck gemacht, und sechs Wochen lang strengte sich Henrietta sehr an mit ihrem Temperament. Für dieses Zugeständnis ihrerseits erwartete sie von der Vorsehung, ihr ein unmittelbares und üppiges Maß an Beliebtheit zu schenken. Sie tat es nicht. Die Symons-Familie besaß nicht die Eigenschaft zum Freundschaften-Schließen – eine unberechenbare Eigenschaft, die sich denen verwehrt, die das größte Verlangen und offensichtlich auch das gute Recht haben, sie zu besitzen. Die Mädchen waren freundlich, freundlicher insgesamt als die Welt der Erwachsenen, und sie waren durchaus bereit, ihr ihren linken Arm zu geben, wenn es durch den Garten ging, aber ihr rechter war von ihren wirklichen Freundinnen belegt, denen sie ihre Erfahrungen mitteilten, und Henrietta wurde nur mit einbezogen für ein gelegentliches „War das nicht widerwärtig, Etta?" Sie war enttäuscht, und sie drosselte ihre Anstrengungen. Sie hatte die Aufregung vermisst, unangenehme Dinge zu sagen.

Der Tag war frostig geworden ohne sie. Nach der Hälfte des Schuljahres war sie so unangenehm wie immer.

Sie erhielt sehr selten gute Ratschläge in ihrem Leben, und nun, da sie sie bekommen hatte, machte sie keinen Gebrauch von ihnen. Wenn sie es getan hätte, hätte das vielleicht ihre ganze Zukunft verändert. Doch von da an, an Geburtstagen, Silvesterabenden und anderen Jahrestagen, wenn sie über sich und ihren Charakter Bilanz zog, ignorierte sie ihre Launenhaftigkeit und zählte sie nicht als Faktor, den man verändern könnte. Es gab andere, die so einsam wie sie in der Schule waren, es waren immer viele einsam in einer Gemeinschaft; doch sie bemerkte das nicht und empfand sich als Ausnahme. Sie bildete sich ein, von Kummer überwältigt zu sein zu jener Zeit, aber eigentlich war das Leben so arbeitsreich, und ihr gefiel der Unterricht sehr und folgte ihm so gut, dass sie nicht so bemitleidet wurde, wie sie dachte.

Es war klar, dass sie in der Schule und zu Hause einsam sein würde. Wo sollte sie Erlösung finden? Es gab eine Anzahl von harmlosen Erzählungen als Lektüre für Mrs Marstons Schülerinnen an freien Samstagen, harmlos insofern, als sie einen völlig falschen Blick auf das Leben gaben, und aus ihnen lernte Henrietta, dass Heldinnen nach ihrem sechzehnten Geburtstag üblicherweise von Verehrern behelligt wurden. Die Heldinnen, musste man sagen, waren ausnehmend hübsch, was sie, wie Henrietta wusste, nicht war, doch durch das

Studium von *Jane Eyre* und *Villette* in den Ferien – Charlotte Brontë war in der Schule verboten aufgrund ihrer maßlosen Leidenschaft –, hatte Henrietta erkannt, dass auch die schlichten bewundert werden könnten, deshalb hegte sie eine bescheidene Hoffnung, dass, wenn die magische Zeit des jungen Damendaseins eintritt, ein Märchenprinz kommen und sich in sie verlieben würde. Diese Hoffnung erfüllte ihre Gedanken immer mehr, und während ihres ganzen letzten Schuljahres, als andere Mädchen bei dem Gedanken, zu gehen, weinten, zählte sie die Tage bis zu ihrer Abreise.

3. Kapitel

Henrietta war achtzehn, als sie die Schule verließ. Minna und Louie waren zwei beziehungsweise drei Jahre zuvor abgegangen, und als Henrietta nach Hause kam, war Minna verlobt. Es gab nichts Besonderes an Minna. Sie war tüchtig, verständig und recht gut aussehend und konnte sich mit wenig Geld nett kleiden. Sie redete nicht viel, doch was sie sagte, war auf den Punkt. Mit diesen Qualitäten heiratete sie einen Barrister mit höchst befriedigenden Aussichten. Sie hatten sich beide äußerst gern auf eine stille Art, und sie blieben einander zugeneigt. Sie war ausreichend versorgt.

Louie war hübscher und lebhafter. Sie erlebte eine heitere Laufbahn von Liebeleien, als Henrietta sich zu ihr gesellte. Sie wollte keineswegs eine jüngere Schwester haben, besonders keine mit einem schönen Teint. Drei Jahre Gesellschaften hatten begonnen, ihre Spuren an dem ihren zu zeigen, der besonders zart war. Sie und Henrietta hatten sich nie gemocht und führten jetzt einen stillen Krieg gegeneinander, einen unnötigen Krieg auf Louies Seite, denn sie besaß ein viel größeres Geschick bei Partnern als Henrietta, und ihre Gefangenen wurden nicht annektiert.

Bis auf ihren Teint gab es nichts Einnehmendes an Henrietta. Wer auch immer mit der Untergrundbahn fährt, muss viele Frauen gesehen haben mit dunkelbraunem Haar, braunen Augen und zu stark ausgeprägten Augenbrauen; ihre Gesichtszüge sind weder gut noch schlecht; ihr

21

gesamter Anblick ist uninteressant. Sie haben keine gewinnenden Grübchen, keine sprechenden Linien um den Mund. Alles, was einem auffallen kann, ist ein enttäuschter, etwas verdrießlicher Ausdruck in den Augen. So war Henrietta. Die Tatsache, dass sie bislang nicht sehr gebraucht oder geschätzt worden war, fing an, nun da sie achtzehn war, sich bemerkbar zu machen. Sie war entweder schüchtern und still, oder sie sprach mit zu viel Nachdruck aus Angst, dass man ihr nicht zuhörte, sodass, obwohl sie auf Bällen kein Reinfall war und es ihr gelang, jede Menge Partner zu finden, es keine interessanten Episoden gab, die beständig an Louies Abenden passierten, und für ein oder zwei Jahre erfüllten sich ihre Hoffnungen nicht. Der Märchenprinz, auf den sie wartete, kam nicht.

Manchmal war Louie zu Besuchen unterwegs, und Henrietta ging ohne sie zu Bällen. Auf einem davon wurde ihr, wie üblich, ein fremder junger Mann vorgestellt. Es gab nichts Besonderes an ihm. Sie führten das übliche Gespräch der ersten Tänze. Dann bat er um einen zweiten, dann um einen dritten. Er wurde ihrer Mutter vorgestellt. Sie bat ihn, einen Besuch abzustatten. Er kam. Er sprach vorwiegend mit ihrer Mutter, doch es war deutlich, dass es Henrietta war, die er sehen wollte. Ein weiterer Ball, ein weiterer Besuch und Treffen in Häusern von Freunden, und wo immer sie war, wollte er an ihrer Seite sein. Es war ein ausnehmend glücklicher Monat. Er war ein gewöhnlicher junger Mann, aber was machte das schon? Es gab nichts an Henrietta, was jemand

Höheren anziehen konnte. Und vielleicht liebte sie ihn dafür umso mehr, weil er nicht hoch über ihr flog wie all ihre früheren Gottheiten, sondern Seite an Seite mit ihr ging. Ja, sie liebte ihn; als er sie um den dritten Tanz bat, liebte sie ihn. Sie dachte nicht viel an seinen Antrag, an ihre Heirat, nur dass sie jemand gern hatte. Zuerst konnte sie es nicht glauben, doch gegen Ende des Monats ähnelten die Anzeichen deutlich denen von Louies jungen Männern. Blumen, eine Nachricht über ein Buch, das er ihr geliehen hatte, eine Nachricht über einen Fehler, den er in seiner letzten gemacht hatte; sie war sicher, er müsse sie gern haben. Die anderen Mädchen auf den Bällen bemerkten seine Zuneigung und fragten Henrietta, wann es verkündet werden sollte. Sie tat ihre Fragen mit einem Lachen ab, doch sie schenkten ihr einen Wonneschauer. Alles musste gut sein.

Und wenn sie geheiratet hätten, wäre alles gut gewesen. Es hätte Versöhnungen und Streitereien gegeben, bei Henriettas eifersüchtiger Disposition hätte es sie vermutlich gegeben, aber sie wären so glücklich wie die Mehrheit verheirateter Paare gewesen; sie wäre glücklicher gewesen, denn für viele Menschen, sogar für einige Frauen, ist zu lieben und geliebt zu werden nicht die allzeit genügende Existenzgrundlage, wie sie es für sie war.

Am Ende des Monats kam Louie nach Hause. Henrietta hatte sich vor ihrer Rückkehr gefürchtet. Sie besaß kein Vertrauen in sich selbst, wenn Louie da war. Louie ließ sie kalt und unbeholfen werden.

Sie hätte sie gern gebeten, nicht ins Zimmer zu kommen, wenn er einen Besuch machte, doch sie war zu schüchtern; es hatte nie Vertrautheit zwischen den Schwestern gegeben. Mrs Symons allerdings sprach mit Louie: „Ein sehr netter junger Mann mit wirklich guten Verbindungen, verdient noch nicht viel, aber ausreichend für den Anfang. Es wäre sehr passend."

Louie hätte sich selbst nicht als herzloser betrachtet als andere Leute, doch sie war kokett, und sie wollte nicht, dass Henrietta sich vor ihr vermählte. Das nächste Mal, als der junge Mann kam, fand er im Salon nicht nur eine viel hübschere Miss Symons, das war an sich nicht von Konsequenz, sondern eine Miss Symons, die sich ihrer Vorzüge wohl bewusst war und darüber hinaus durch erfolgreiche Erfahrung genau wusste, wie man das Verlangen nach einer Verfolgungsjagd bei einem gewöhnlichen jungen Mann wachrief.

Henrietta sah sofort, obwohl sie hart dagegen kämpfte, dass sie keine Chance hatte.

„Gehen Sie morgen zu den Humphreys?", fragte er Louie.

„Wenn Henriettas Krinoline Platz in der Kutsche lässt", antwortete Louie. „Ich werde versuchen, eine kleine Ecke zu bekommen, vielleicht unter dem Sitz, man kann natürlich auch hinterherlaufen. Ich habe – wissen Sie – etwas zerdrückt – was habe ich zerdrückt? – ein kleines winziges Stückchen Volant an einem schrecklichen Abend, oder, Henrietta? Und ich durfte nie wieder darüber sprechen."

Sie lächelte ein besonderes Lächeln, das sie nur den bevorzugtesten Partnern schenkte. Der junge Mann dachte, wie hübsch diese schwesterliche Neckerei sei auf Seiten der wunderschönen Miss Symons; Henrietta sah es in einem anderen Licht.

„Meine Krinolinen sind nicht weiter als deine, das weißt du."

„Mich deucht, die Dame protestiert zu viel, finden Sie nicht, Mr Dockerell?"

„Und du nimmst dir immer den besten Platz in der Kutsche, also ist es Unsinn zu sagen ..."

Er bemerkte zum ersten Mal, wie laut ihre Stimme war.

„Lass uns bitte das Thema wechseln", sagte Louie freundlich, „es kann für Mr Dockerell überhaupt nicht interessant sein. Ich bin bereit, alles einzugestehen, was du willst, dass du überhaupt keine Krinolinen trägst, wenn es dich freut."

„Wenn es Schwierigkeiten gibt, könnte nicht meine Mutter eine von Ihnen morgen Abend mitnehmen?" (Es war Louie, die er anblickte.) „Sie ist bei mir für eine Woche. Könnten wir Sie nicht abholen? Es wäre ein großes Vergnügen."

„Oh, danke", begann Henrietta.

„Also wirklich", sagte Louie, „Sie lassen mich wegen meines armseligen kleinen Scherzes richtig beschämt sein. Ich denke nicht, dass wir den Punkt erreicht haben, wo zwei Schwestern nicht in derselben Kutsche sitzen können. Ich hörte, dass Sie ein beunruhigend guter Bogenschütze sind, Mr Dockerell, und ich möchte, dass Sie mir wegen meines Bogens einen Rat geben, wenn Sie so freundlich sein wollen." Um Rat gebeten zu werden, vervollständigte die Eroberung natürlich.

Mr Dockerell war in Etta nicht so sehr verliebt wie in das Heiraten. Er brauchte nur kurze Zeit, um zu wechseln, doch als er seinen Antrag gemacht hatte und Louie festgestellt hatte, dass er ein allzu langweiliger junger Mann für sie war, lenkte er seine Zuneigung nicht wieder auf Henrietta zurück. Sie wäre froh gewesen, ihn zu nehmen, wenn er es getan hätte. Er verließ die Nachbarschaft und heiratete wenig später jemand anders.

In diesem kummervollen Ärger wusste Henrietta nicht, an wen sie sich um Trost wenden sollte. Mrs Symons war eine von den Frauen, die weit mehr eine Ehefrau als eine Mutter waren. Sie konnte recht bemerkenswert in alle Gefühle von Mr Symons eintauchen, selbst in seine ungewöhnlichsten männlichen Gefühle, doch ihre Töchter, die insgesamt ganz gewöhnliche junge Frauen waren, verstand sie nicht. Vielleicht war Henrietta nicht gänzlich gewöhnlich, aber schließlich ist es nicht außergewöhnlich, sich zu wünschen, geliebt zu werden. Auch machte sich Mrs Symons nicht besonders viel aus ihren Töchtern; sie mochte ihre Söhne weit mehr, sie wäre vermutlich ohne Töchter glücklicher gewesen; und sie mochte Henrietta am wenigsten, weil sie sie immer noch mit jenen unerfreulichen kindischen Unterredungen in Verbindung brachte, als Henrietta nach unten gebracht wurde, düster und schmollend, um getadelt zu werden.

Henrietta durchlief jetzt etwas, was eine ungewöhnliche Erfahrung im Leben einer Frau ist. Sie hatte geliebt und war geliebt worden und war dann enttäuscht worden. Ihre Mutter war in ihrem Kummer nicht mehr Trost als, wollte ich gerade sagen, die Dienerschaft, doch sie war weit weniger, denn Ellen, nun Mrs Symons' Zofe, schenkte der armen Henrietta etwas von der Sympathie, nach der sie hungerte.

Evelyn war fort, ihre Eltern hatten zugestimmt, dass sie mit ihrer kleinen Freundin im Ausland unterrichtet wurde, und wenn sie zu Hause gewesen wäre, sie war erst vierzehn, wäre sie zu jung, um wirklich von Nutzen zu sein. Dennoch schüttete Henrietta ihre Verbitterung in langen Briefen aus, und Evelyn schrieb voll liebender Empfindung und Sentimentalität zurück. Henrietta schrieb auch an Miranda und erhielt einen verständnisvollen Brief, höchst verständnisvoll, wenn man bedenkt, dass Miranda gerade eine triumphale Verlobung vollzogen hatte mit dem Sohn eines Earls.

Mrs Symons konnte nicht umhin zu denken, dass Henrietta ihre Angelegenheiten auf tölpelhafte Weise vermasselt hatte und die gute Gelegenheit vertan hatte, die für sie eingefädelt worden war. Das war die Ansicht, die sie ihrem Mann präsentierte, weshalb sie, obwohl sie versuchten, es in ihrem Verhalten nicht zu zeigen, ein wenig betrübt waren.

Es war William, dem sie sich zuwandte, obwohl sie sich deutlich an die enttäuschende Unterhaltung in ihrer Kindheit erinnerte. William, nun ein Anwalt in London, kam für ein paar Tage Ferien nach Hause. Der Sonntag seines Besuches war nass. Als Mr und Mrs Symons im Salon schliefen, saßen er und Henrietta im früheren Schulzimmer und setzten eine Plauderei über die Nachbarschaft fort. Es lag etwas so Festes und Angenehmes in seinem Gesicht, dass sie meinte, sie müsse es ihm erzählen. Sie wollte sich auf jemanden stützen; sie besaß und hatte nie die Genugtuung, den Stolz besessen, für sich zu kämpfen. Und doch wusste sie, dass Williams Gesicht trügerisch war; es wäre viel besser, nicht zu reden. Sie beschloss deshalb, dass sie nur sehr wenig erzählen würde und so kühl sprechen würde, wie sie konnte. Sie fing an, aber bevor sie sich aufhalten konnte, war die ganze Geschichte heraus, und viel mehr als die Geschichte, ungezügelte Beschimpfung gegen Louie, die Williams Lieblingsschwester war. Sie hörte schließlich nur auf, weil es ihre Schluchzer unmöglich machten, zu sprechen.

„Es scheint Pech zu sein", sagte William, „großes Pech. Ich werde mit Mutter darüber reden."

„Mutter denkt, dass es mein eigener Fehler war. Ich weiß das."

„Nun – hm – schreib an Minna: ja, du könntest an Minna schreiben."

„Minna interessiert sich nur für das Baby. Sie schreibt so gut wie nie; im Übrigen hat sie sich nie etwas aus mir gemacht. Sie würde froh sein."

„Oh, also, ich meine nicht, dass es sich lohnt, sich das zu Herzen zu nehmen. Besuch einfach viele Bälle und sei vergnügt; du darfst nicht Trübsal blasen. Wenn du Aunt Mercer dazu bringen kannst, dir ein Bett anzubieten, werde ich dich mit ins Theater nehmen. Das wird dir unglaublich guttun."

„Das ist sehr nett von dir, William."

„Oh, das ist schon in Ordnung. Nun", und er ging zum Fenster, „es ist nicht richtig, den ganzen Nachmittag zu Hause zu bleiben; es macht einen so verbissen. Ich werde einen Rundgang machen und auf dem Rückweg bei Beardsley vorbeischauen. Sag Mutter, dass sie nicht mit dem Abendessen auf mich wartet."

Sie wusste, dass sie besser nichts gesagt hätte. Er hasste es, wenn die Winkel des Herzens entblößt wurden, vor allem jene besonderen Winkel eines Frauenherzens; er fand sie nicht mädchenhaft. Aber sie tat ihm leid; er nahm sie ins Theater mit, eine mitreißende Farce, denn er gehörte zu denen, die meinten, dass zwei Stunden lachen Monate des Kummers gutmachen konnten und sogar ein Heilmittel seien. Er schenkte ihr auch eine Brosche und sagte zu seiner Mutter: „Ich finde, Etta wird einfach schwermütig, jetzt wo Minna verheiratet ist und Louie fort. Warum geht sie nicht ein paar Besuche machen?"

Es schien vielleicht merkwürdig, dass Henrietta einen Kummer hinausposaunte, den die meisten Leute in ihren Herzen verborgen hätten. Doch es war eines der traurigsten Dinge an einsamen Menschen, dass, da sie keinen richtigen Vertrauten hatten, sie jedermann erzählten, was nur einem einzelnen erzählt werden sollte. Als jedoch das überwältigende Verlangen nach Anteilnahme vorüber war, konnten Worte nicht ihr Bedauern darüber ausdrücken, dass sie geredet hatte. Jahrelang danach sollte es plötzlich über sie kommen, „Ich habe es ihm erzählt, und er hat mich verachtet", und sie stieß mit dem Fuß auf den Boden auf mit all ihrer Kraft in einer sinnlosen Beförderung von Bedauern.

Louie und auch Henrietta spürten, dass es weiser wäre, einander nicht zu häufig zu sehen nach Mr Dockerells Antrag. Louie war für einen Monat oder sechs Wochen weggefahren, und als sie zurückkam, fuhr Henrietta auf einen langen Besuch zu Minna.

Mit zwei Babys, das jüngste sehr zart, war Minna vollkommen vereinnahmt. Sie war jetzt mit Nachdruck Mrs Willart, nicht Minna Symons. Mrs Symons hatte ihr von Henriettas Umständen erzählt, und Minna fand, dass ihre Babys die beste Linderung wären. Das wären sie vielleicht für Menschen mit einer natürlichen Bewunderung für Babys gewesen, aber die besaß Henrietta nicht. Wenn Minnas Kinder vernachlässigt worden wären, hätte sie sie aufrichtig geliebt, aber da sie von der eifersüchtigen Fürsorge der Mutter, des Kindermädchens und der Kinderfrau umgeben waren und (wenn für ihn Raum gelassen wurde) des Vaters, gab es für sie nichts, außer als Außenseiter zuzusehen.

Es war während dieses Besuches, dass sie von der Verlobung des jungen Mannes hörte. Sie hatte nicht begriffen, wie fest sie an der Hoffnung gehangen hatte, dass er zurückkommen könnte, bis sie es hörte. Dem unmittelbar folgend kam die Neuigkeit, dass Louie sich mit einem äußerst liebenswürdigen und angenehmen Colonel verlobt hatte. Das machte sie noch verbitterter, wenn es möglich war, noch verbitterter zu sein. Louie kam nicht nur ungestraft davon für das, was sie getan hatte, sondern sollte auch noch alles Glück erhalten. Warum? Das alte Problem ihres Konfirmationsjahres drängte sich ihr auf, nur dass sie sich weniger reumütig und galliger fühlte.

Ihre Kümmernisse machten sie verdrießlich und unliebenswürdig, wie aus den freundlichen Ermahnungen Minnas ersichtlich war.

„Ich denke", sagte sie, als sie an einem Morgen nähend dasaß, „dass ich dich wirklich warnen sollte, nicht ganz so laut zu sprechen und so bestimmt. Ich möchte nicht gern etwas sagen, aber natürlich bin ich älter als du, und das ist diese Art, die die Chancen eines Mädchens verdirbt. Männer mögen das nicht. Und dein Temperament – sogar Arthur hat es bemerkt, und er ist keineswegs ein aufmerksamer Mann. Ich könnte mir denken, dass du kaum die Bedeutung einer guten Gemütsart begreifst, Etta, aber nach meiner Meinung macht es einen größeren Unterschied im Leben als alles andere."

Henrietta kam drei Tage vor Louies Hochzeit zurück. Louie bereute den Schaden, den sie verursacht hatte, und am letzten Abend kam sie in Henriettas Zimmer und entschuldigte sich. „Weißt du Etta, es tu mir sehr leid, sehr, sehr leid. Natürlich hatte ich keine Ahnung, was du für ihn empfunden hast. Er war nicht die Art von Mann, die man wirklich ernst nehmen konnte, jedenfalls fand ich das. Auf jeden Fall würde ich darüber nicht mehr länger nachgrübeln, denn weißt du, ich denke, dass er nicht ernsthaft berührt gewesen sein konnte, sonst hätte er sicherlich den Versuch gemacht, dich wiederzusehen, nach der kleinen Episode mit mir."

Louie empfand mehr, als ihre Worte mitteilen konnten, doch sie konnte sich nicht dazu herablassen, zu viel zu zeigen.

„Vielleicht hast du es nicht böse gemeint", sagte Henrietta; „ich werde versuchen, dir zu glauben, aber du hast mein Leben ruiniert."

„Etta übertreibt immer so und ist hysterisch", sagte Louie hinterher, als sie darüber sprach. Doch tatsächlich sagte Henrietta nur die nüchterne Wahrheit.

4. Kapitel

Nach Louies Hochzeit fuhr Henrietta zu einer Tante, der ältesten Schwester ihres Vaters, beinahe eine Generation älter als er. Sie lebte in einem kleinen weißen Haus auf dem Land, mit einer grünen Veranda und Terrassentüren. Sie war eine freundliche, nette alte Dame, nicht vermögend, eine bescheidene Großtante für das ganze Dorf. Kinder kamen beständig vorbei, um ihre Maulbeeren zu essen; für Mädchen wurden Anstellungen gefunden; kranken Menschen wurde Gelee geschickt, und es gab immer jede Menge zu nähen und zu stricken für arme Freunde.

Sie tat ihr Bestes, um den Besuch heiter zu gestalten; sie hatte für jeden Tag ein kleines Vorhaben für Vergnügen, und es kamen und gingen so viele Leute, dass das Leben, wenn auch nicht aufregend, unmöglich langweilig genannt werden konnte.

Henrietta wusste nicht, ob Mrs Symons ihrer Tante von ihrem Kummer erzählt hatte; sie hoffte nicht. Jetzt, da der erste Schock vorüber war, war sie bei dem Thema empfindlich geworden und wünschte nicht darüber zu sprechen. Aufgrund einer kleinen Ansprache, die ihre Tante hielt, ist es möglich, dass Mrs Symons etwas gesagt hatte.

Eines Tages, als sie am Kamin gemütlich und vertraulich beisammensaßen und sich unterhielten, wandte sich die Unterhaltung der Vergangenheit ihrer Tante zu. Sie war ohne Mutter zurückgelassen worden, die Älteste einer großen Familie, als sie neunzehn oder zwanzig war. Es war selbstverständlich ihre Pflicht, sich gänzlich den Jüngeren zu widmen, und als ein Mann auftauchte, den sie liebte und von dem sie geliebt wurde, meinte sie, dass man sie zu Hause nicht entbehren könne.

Henrietta sah, dass sie sich dafür wappnete, etwas zu sagen. Schließlich kam es heraus:

„Weißt du, meine Liebe, ich denke, trotz – ich meine, dass es viele Dinge gibt neben – obwohl, wenn man gehofft hat – trotzdem kann das Leben sehr glücklich, sehr friedlich sein, ohne. Da gibt es den Garten, und es gibt diese drei süßen kleinen Kinder nebenan."

Henrietta wusste, dass dieser nicht analysierbare Satz dazu gedacht war, sie zu trösten. Sie war dankbar, aber sie wurde nicht getröstet. Das Leben ihrer Tante war das lieblichste und glücklichste, das für das Alter möglich war, aber konnte sie sich mit zwanzig Jahren damit zufrieden geben, sich Überraschungen für die Kinder anderer Leute auszudenken oder Kleidung für die Armen zu nähen? Es bereitete ihr Übelkeit und Verdruss, daran zu denken. Im Übrigen waren ihre Umstände nicht vergleichbar. Ihre Tante, gestärkt durch den Geist der Selbstaufopferung, hatte aufgegeben, was sie liebte, doch sie hatte den Trost, das wichtigste Mitglied ihres Kreises zu sein. Henrietta hatte keinen Spielraum für Selbstaufopferung, denn sie hatte nie etwas gehabt, was sie aufgeben musste. Tatsächlich beneidete sie ihre Tante, denn sie erkannte jetzt, dass Mr Dockerell sich nie etwas aus ihr gemacht haben konnte. Und weit davon entfernt, das wichtigste Mitglied ihrer Familie zu sein, war ihre Schwierigkeit, überhaupt irgendwo hineinzupassen.

Der Besuch ging zu Ende. Sie fuhr nach Hause, und das übliche Leben begann wieder. Da ein gewöhnlicher Mann sich von ihr angezogen gefühlt hatte, als sie zwanzig war, schien es keinen Grund zu geben, warum nicht andere gewöhnliche Männer von ihr angezogen sein sollten. Wie er eher in das Heiraten verliebt gewesen war als in sie, so war sie darin verliebt gewesen, geliebt zu werden, als verliebt in ihn zu sein. Sie hätte beinahe jeden netten jungen Mann genommen, vorausgesetzt, er hätte den höchsten Vorzug besessen, ihr zugetan zu sein. Doch das undurchschaubare Schicksal, das diese Dinge beherrschte, verfügte, dass es nicht sein sollte. Es stellte sich kein weiterer Verehrer ein.

Einerseits besuchte sie nun weniger Gesellschaften. Nach Louies Hochzeit begann Mrs Symons, die sich sehr dafür angestrengt hatte, Ehemänner zu finden, zu erlahmen. Henrietta war nicht so erfreut, ausgeführt zu werden, wie Louie es gewesen war, insbesondere weil ihr Aussehen früh schwand, und ohne ihr Aussehen gab es nichts, auf das sie sich stützen konnte. Also gab sich Mrs Symons dem Luxus der schlechten Gesundheit hin und sagte, sie könne langes Aufbleiben nicht vertragen. Wenn Henrietta doch ausging, zeigte ihr die Erfahrung, dass es für sie unwahrscheinlich war, Gefallen zu finden, und obwohl niemand definieren konnte, was Attraktivität hervorrief, ist es sicher zu sagen, dass eines der wichtigsten Elemente war, sie für attraktiv zu halten.

Mr Symons hatte bislang kein großes Interesse für seine Töchter gehegt, doch als Minna und Louie verheiratet waren, mochte er sie lieber. Er war einer von den Männern, deren gute Meinung über Frauen sehr gestärkt wird, wenn sie von einem anderen Mann bestätigt wurde. Die Ehemänner seiner Töchter hatten seine Meinung in der befriedigendsten Art bestätigt, indem sie sie geheiratet hatten, während seine gute Meinung über Henrietta, weit davon entfernt, bestätigt zu werden, eher geschwächt worden war. Minnas und Louies Tugenden, Ehemänner und Häuser wurden nun häufig hoch gelobt, und an ihr gab es nichts hoch zu loben. Henrietta spürte das beständig. Ihre Eltern sprachen nicht mit ihr über ihr Missgeschick; sie wurde allein gelassen, was vielleicht das war, was den meisten Mädchen am liebsten gewesen wäre. Nicht so Henrietta.

Die drei Jahre nach Louies Hochzeit waren die traurigsten in Henriettas Leben. Wenn sie nicht zu Gesellschaften ging, was sollte sie dann tun? Den Haushalt führen? Den Haushalt zu führen war, wie in vielen Fällen, nicht annähernd genug, um ihre Mutter mit Beschäftigung zu versorgen. Er konnte ganz sicher nicht aufgeteilt werden, um Beschäftigung für zwei zu geben. Ihre Mutter pflegen? Ihre Mutter zog es weitaus vor, dass Ellen, von der sie sehr abhängig geworden war, tun sollte, was notwendig war, und als Gesellschaft hatte sie alles, was sie brauchte in ihrem Ehemann. Er war jedoch mehrere Stunden am Tag fort, und während seiner Abwesenheit fuhr Henrietta mit ihrer Mutter aus, las ihr vor und saß bei ihr, und da sie so viel zusammen waren und die kleinen Ereignisse der Provinzstadt miteinander teilten, waren sie bis zu einem gewissen Grad einander zugetan. Doch Mrs Symons behandelte Henrietta immer sehr *de tout en bas* und wies sie grob zurecht, wenn sie es für nötig hielt, als ob sie ein zehnjähriges Kind wäre, sodass Henrietta gehemmt und etwas schüchtern bei ihr war. Da gab es die Andeutung eines Gefühls, dass Mrs Symons bemitleidet werden müsse, weil sie sich um Henrietta immer noch kümmern musste. Wenn Henrietta sich geweigert hätte, grob zurecht-gewiesen zu werden, hätte es diese Andeutungen nicht gegeben. Evelyn war immer noch auf der Schule. Es gab eine gewisse Zahl an Mädchen in Henriettas Alter, die sie von Zeit zu Zeit sah, aber da ihre Mutter durch Besuche nicht gestört zu werden wünschte, wurden sie nicht nach Hause eingeladen und luden deshalb auch Henrietta nicht zu sich ein. Im Übrigen war sie sensibel und glaubte, zu Recht, dass sie über ihr Unglück redeten, und wollte sie nicht treffen.

Zur Schmerzlichkeit der Enttäuschung, zu der Langeweile und Ziellosigkeit kam hinzu, dass Henrietta heftig realisierte, obwohl vielleicht nicht wirklich heftig genug, dass die Jahre zwischen achtzehn und dreißig ihre Jahre zum Heiraten waren, die, so langsam sie vergingen, was ihr Glück anbelangte, nur zu schnell vergingen, wenn sie überlegte, dass sie, wenn sie erst einmal vergangen waren, nie wieder zurückkämen, und dass sie, während sie davonflogen, ihre Chancen mit sich fortnahmen.

Vor fünfzig Jahren heiratete die Mehrheit der Mädchen ihrer Klasse früh, und die Jahre häuslichen Lebens nach der Schule wurde geplant nach der Annahme, dass sie eine kurze Phase der Vorbereitung für die Ehe seien. Es machte Minna und Louie nichts aus, dass sie keine Interessen hatten, um ihre Tage auszufüllen, dass ihr Leben aus nichts anderem bestand als aus Gesellschaften und Unterbrechungen des Wartens auf Gesellschaften, denn es hielt nur vier oder fünf Jahre an. Die Phase hatte erfüllt, was sie erfüllen sollte, sie hatte sie sehr angenehm mit Ehemännern ausgestattet. Doch bei Henrietta schien der Zustand, der nur vorübergehend sein sollte, sich zum Permanenten auszudehnen, und da die Gesellschaften wegfielen, hatte sie große Mühe, ihre Tage auszufüllen. Sie sehnte sich unsäglich nach der Schule, nach ihren Restriktionen, ihrer Gleichförmigkeit und Abwechslung. Und zu denken, dass sie, als sie das Glück gehabt hatte, dort zu sein, die Tage gezählt hatte, eine junge Dame zu werden! Als sie sich erinnerte, wie sie beinahe geweint hatte über Miss Arundels Beschreibung der Johanna von Orléans, wurde ihr der Mund wässerig nach Unterricht. Was Miss Arundel selbst anging, hungerte und dürstete sie nach ihr.

Schließlich kam ihr ein glücklicher Gedanke: Sie entschloss sich, Italienisch zu studieren, Dante zu lesen. Miss Arundel hatte sie im Italienischen unterrichtet, und sie würde Miss Arundel schreiben und bitten, ihr gute Übersetzungen zu empfehlen. Sie erinnerte sich, dass Miss Arundel und Mrs Marston gelegentlich alte Lieblingsschülerinnen bei sich zu Besuch hatten. Sie stellte sich vor, wie ein Brief zum anderen führte und wie Miss Arundel sie vielleicht schließlich auch zu einem Besuch einladen würde. Sie schrieb ihren Brief mit großer Sorgfalt und großer Freude, indem sie beständig die Worte austauschte, denn keines schien gut genug zu sein für Miss Arundel, und eine saubere Abschrift anfertigte, als ob es eine Hausaufgabe wäre, die zur Korrektur abgeschickt wurde.

Miss Arundel erhielt den Brief, las ihn durch, gelangte zur Unterschrift und konnte sich nicht um alles in der Welt erinnern, wer Henrietta Symons war. So viele Mädchen waren durch ihre Hände gegangen, und sie lebte eher in der Gegenwart als in der Vergangenheit. Eine Lehrkraft war krank, sie war sehr beschäftigt, der Brief entglitt ihrer Erinnerung. Eines Abends kam er ihr in den Sinn, und sie fragte ihre Schwester: „Übrigens, wer war Henrietta Symons?"

„Ich kann mich an den Namen sehr gut entsinnen", sagte Mrs Marston. „Lass mich überlegen; ja, jetzt weiß ich es. Da waren drei, eine war Minnie, glaube ich, und ich meine, Etta hatte Kopfschmerzen beim Picknick. Es war ein heißer Tag in dem Jahr, der heißeste, an den ich mich jemals erinnern kann, und ich musste früh mit ihr zurückgehen."

„Natürlich, jetzt erinnere ich mich", sagte Miss Arundel. „Ein Mädchen mit sehr betonten Augenbrauen." Und sie schrieb eine Postkarte zurück: „Übers. von Dantes D. C. Carey, 2 Bde., Ward und Linsell. M. Arundel."

Die Postkarte ließ Henrietta geneigt sein, von Dante Abstand zu nehmen. Aber in der Zwischenzeit hatte sie vereinbart, mit einer Nachbarin, Carrie Bostock, gemeinsam zu lesen, also musste sie einen Anfang machen. Sie fingen an, aber da sie weder das Italienische verstanden noch die Übersetzung, noch die Anmerkungen, fanden sie beständig Entschuldigungen dafür, nicht zu lesen, bis Carrie mutig vorschlug: „I Promessi Sposi", was viel besser ging. Sie lasen allerdings nicht lange, denn Carrie verlobte sich; es schien Henrietta, dass sich jeder verlobte, den sie kannte, und Carrie betrachtete ihre Verlobung als eine Beschäftigung, die ihr keine Zeit für andere Dinge ließ, sicherlich keine Zeit für Italienisch.

Henrietta stellte fest, dass sie nicht alleine lesen wollte. Die zwei Jahre fern der Schule machten es schwer, zu beginnen. Vielleicht erschien es merkwürdig, dass ein Mädchen, das so eifrig in der Schule gewesen war, sich nichts daraus machte, allein zu Hause zu arbeiten. Doch wenn es keine Mitstreiter gab und keine Miss Arundel, verlor die Arbeit viel von ihrem Reiz für jeden außer den wahren Studenten, der selten unter Männern zu finden war, noch seltener unter Frauen. Und das

Letzte, was Henrietta jemals sein würde, war ungewöhnlich.

Schlaue, interessante Schulmädchen sind keineswegs selten, obwohl nicht so selbstverständlich wie schlaue, interessante Kinder. Aber es gibt ein paar, die schlau und interessant bleiben, wenn sie größer werden. Ein uninspirierendes Umfeld und Kontakt mit dem Leben oder eine bloße Anhäufung an Jahren nehmen etwas fort. Oder vielleicht ist es einfach so, dass, wenn sie erwachsen sind, sie nach einem strengeren Standard beurteilt werden. Miss Arundel war immer wieder enttäuscht worden. Doch sie wäre nicht überrascht gewesen, dass Henrietta alles fallen ließ, denn sie hatte in ihr stets einen unglücklichen Zug von Schwäche beobachtet.

Neben Schwäche wurde Henrietta immer von den Leuten beeinflusst, mit denen sie zusammen war, und die Atmosphäre des häuslichen Lebens ermunterte nicht zum Lernen. „Italienisch studieren, meine Liebe?", sagte ihre Mutter. „Kannst du nichts Besseres zu tun finden als das? Es gibt doch sicherlich etwas zu flicken", während ihr Vater ihr riet, durch ihre Mutter, „nicht zu schlau zu werden; es ist sehr schade für ein Mädchen, zu schlau zu werden."

Schließlich schien es keinen vernünftigen Grund für sie zu geben, warum sie Italienisch lernen sollte; es bereitete ihr oder anderen kein Vergnügen. Also verbrachte sie die meisten der langen Mußestunden am Fenster sitzend und nachdenkend. Sie zitierte für sich häufig einen Vers aus einem Gedicht, kürzlich veröffentlicht von Christina Rossetti. Sie hatte es bei einem Besuch gesehen, es abgeschrieben und gelernt:

> „Unten bin ich lachend und tollend und scherzend zur Hand,
> doch in meinem abgelegenen Zimmer oben
> wende ich mein Gesicht schweigend zur Wand;
> Mein Herz zerfällt für ein wenig Liebe."

Es passte nicht ganz zu Henrietta, denn sie tollte und scherzte unten mit niemandem, doch dieser Vers war ihr der größte Trost in jenen trüben Jahren. Die Verfasserin musste das alles durchgemacht haben, meinte sie; sie weiß, wie es ist. Nicht allein zu sein, jemanden zu haben, wenn auch einen Unbekannten, der es teilen konnte, erleichterte ihre Last, wenn sie in einer Stimmung war, in der sie erleichtert werden musste.

Auch sie verfasste Gedichte und schrieb sie in ein hübsches Album, das sie zu diesem Zweck gekauft hatte. Sie erleichterten ihr das Herz ein wenig – jedenfalls war es eine Ablenkung, über die Reime nachzudenken. Sie hätte sie Carrie gezeigt, wenn sie die geringste Ermunterung erhalten hätte, doch da Carrie keine Ermunterung schenkte, gab es niemanden, der sie sah.

> „Während die Natur ihre verschwenderische Hand öffnete
> Und schönste Blumen zeigte
> War es seins, sonniges Vergnügen zu kosten,
> war es meins, im Schatten zu sitzen.

„Oh, sprich nicht zu mir von währender Zuneigung!
Sie zerfällt, sie hört auf, sie verblasst und sie stirbt.
Im Herzen eines Mannes ist es ein flüchtiges Gefühl;
Doch ach, in einer Frau verbleibt sie ewiglich!"

Ein Dichter hätte gesagt, dass jeder, der fähig war, das zu schreiben, unfähig sei, es zu fühlen, doch er hätte Unrecht gehabt.

Manchmal nahm sich Henrietta einen Fantasiegeliebten, wie die Fantasiefreundin ihrer Kindheit, aber jetzt – besaß sie mehr oder weniger Vorstellungskraft als ein Kind? – konnte sie es nicht ertragen. Sie stellte sich das Phantom vor, und dann wollte sie ihn so sehr, dass sie ihn vergessen musste. Der Anblick bestimmter Tage war verbunden mit einigen eigenartig trauervollen Momenten. Sie fragte sich, welcher der bedrückendste war, die anbrechende Dunkelheit um vier Uhr, die sie mit sieben Stunden Handarbeit im Salon zurückließ (denn es störte ihre Mutter, wenn sie vor elf Uhr ins Bett ging), oder die Sommersonne, die nicht untergehen wollte.

Wenn nur ein gnädiger Schicksalsschlag all das Geld von Mr Symons fortgenommen hätte. Unangenehme Armut wäre ihr ein größerer Trost gewesen. Sie wäre gezwungen gewesen, sich anzustrengen; nicht zu brüten und sich auf ihr Unglück zu konzentrieren. Doch Mr Symons fuhr, ganz im Gegenteil, fort, reicher zu werden, und ihr ganzes, recht langes, ödes Leben über wurde Henrietta mit ihrem netten kleinen Einkommen bestraft.

Doch so unendlich wie die Zeit auch schien, sie verging. Sie verging, sodass sie, während sie ihr altes Tagebuch mit den Berichten über ihren glücklichen Monat las, feststellte, dass das alles vor fünf Jahren passiert war und anfing, in Vergessenheit zu geraten. Sie meinte, dass das nicht ihr passiert wäre, sondern einem gewöhnlichen Mädchen, das gewöhnlichen Wohlstand besaß. Zugleich schien ihr Los nicht so bitter wie zuvor; sie hatte sich daran gewöhnt. Obwohl sie es selbst kaum begriff und sicherlich nicht sagen könnte, wann der Wandel gekommen war, war sie nun nicht besonders unglücklich. Es war eine Erleichterung, dass ihre Mutter eher eine Invalide war, sodass einige Pflichten des Haushalts ihr zufielen, und ihre Mutter verließ sich ein wenig auf sie. Sie war sicherlich nicht die Stütze des Hauses oder der Leitstern, an den sich alle um Führung wandten, nichts von den befriedigenden Dingen, mit denen Frauen in der Lyrik bezeichnet werden, aber sie war nicht der Außenseiter, der sie gewesen war.

5. Kapitel

Und nun wurde der ebene Weg in Henriettas Leben unterbrochen. Evelyn kehrte nach Hause zurück. Sie und ihre Freundin waren zu jungen Frauen herangewachsen. Viele Briefe waren zwischen den Schwestern gewechselt worden, aber es war sehr lange her, dass sie einander gesehen hatten, und beim Zusammentreffen fühlte sich jede ein wenig befangen.

Evelyn war sehr schön, gemacht, um zu erfreuen und erfreut zu werden, eine regelrechte mittviktorianische Heldin, allgemein umworben. Obwohl stets hofiert, war sie nicht verwöhnt und war eine äußerst liebevolle Schwester und Tochter. Doch das alte besondere Band, das sie und Henrietta miteinander verbunden hatte, gab es nicht länger. Sie war ebenso liebevoll zu Minna und Louie.

Dennoch machte ihr Kommen für Henrietta einen großen Unterschied. Da gab es einen Menschen ihrer eigenen Generation und Denkweise, mit dem man sich unterhalten konnte; sie konnten miteinander scherzen, und Evelyn steckte immer noch voller Schulmädchenbegeisterung. Sie hatte zahllose Pläne für Beschäftigung, Duette, Französischlektüre und Flickarbeit. Und wenn sie auf Besuche fortging, gab es ihre Briefe, viel vertraulicher als jene ein oder zwei Jahre zuvor, voller Andeutungen über ihre neuen Tätigkeiten und Neckereien netter, schmeichelhafter Art, was neu und ganz herrlich für Henrietta war.

Sie arrangierten eines Nachmittags gerade Blumen im Schulzimmer, Rosen, die von einem Bewunderer Evelyns gebracht worden waren. Sie ließen einige auf den Boden fallen, beide beugten sich herunter, um sie aufzuheben, und stießen mit den Köpfen zusammen. Evelyn kam lachend hoch und fühlte ihre Hand plötzlich ergriffen und geküsst mit einem langen, gierigen Kuss. Sie wandte sich erstaunt herum. „Was ist los?", sagte sie.

„Ich musste es einfach tun", sagte Henrietta halb hysterisch. „Wenn du wüsstest, was es für mich bedeutet, dich zurück zu haben. Ich kann es dir nicht sagen."

„Wirklich, Liebes?", sagte Evelyn. „Ich bin so froh." Und sie strich über Henriettas Stirn mit einer lieben Geste voller Süße, doch mit einem Anflug von Herablassung. Sie hatte sich bereits so viele leidenschaftliche Erklärungen über sich angehört (eine genau an diesem Nachmittag), dass sie nicht so sehr von Henriettas beeindruckt war, wie es jüngere Schwestern gewesen wären. Dennoch konnte sie nicht umhin, sich in ihrer triumphierenden Jugend mit Henrietta zu vergleichen, von allen missachtet und grob zurechtgewiesen zu werden. Mr und Mrs Symons wiesen Evelyn nie grob zurecht, und sie dachte für einen Moment: „Oh, ich bin dankbar, dass ich nicht sie bin"; doch sie schob den Gedanken als lieblos beiseite und vermutete vage, dass Henrietta so gut sei, dass es ihr nichts ausmachte.

Jetzt, da Evelyn zurückgekommen war, raffte sich Mrs Symons aus ihrem Invalidendasein auf, um für Unterhaltung für sie zu sorgen. So wenig war zu Hause möglich, dass beinahe sofort eine Runde fröhlicher Besuche arrangiert wurde. Minna war jetzt weniger vereinnahmt, da die Babys nun älter waren, und nahm sie zu Gesellschaften mit; und Louie hatte all die Offiziere aus dem Regiment ihres Gatten zur Verfügung. Genau dieselben Attraktionen waren Henrietta geboten worden. Louie war aufs Höchste bemüht gewesen, die Vergangenheit wiedergutzumachen, und hatte sie immer wieder eingeladen, aber Henrietta hatte stets abgelehnt, sie hegte immer noch einen Groll gegen Louie.

Evelyns Karriere war ein Triumph. Ihre Briefe und Louies und Minnas waren voll von Offizieren und Gesellschaften. Warum sollte Evelyn alles haben und sie nichts? Sie beantwortete das sofort selbst: „Weil Evelyn so süß und hübsch ist, verdient sie alles, was sie kriegen kann." Doch die Fragen weigerten sich, unterdrückt zu werden, und stellten sich wieder. Sie hasste sich dafür, neidvoll zu sein, und war weiterhin neidisch.

Evelyn kam von ihren Besuchen nach Hause zurück, sehr aufgeregt und begeistert von sich selbst, und doch nicht gedankenlos gegen Henrietta.

„Lass mich in dein Zimmer kommen, Etta, und dir alles erzählen. Ich hatte eine vollkommene Zeit bei Louie; sie war lieb. Sie sagte ständig: „Also, wen sollen wir zum Dinner einladen? Du musst auswählen", also sagte ich es, und wen immer ich wünschte, wurde hervorgebracht. Louie wünscht sich, dass du auch gehst. Tu es, du hättest solch einen Spaß. Sie hat mir eine Nachricht für dich gegeben."

„Meine liebe Etta", lautete die Nachricht, „das 9te gibt am 28. einen Ball. Ich wünschte, Du würdest kommen und bei uns dafür übernachten. Komm und bring Evelyn mit. Ich möchte besonders sie dabei haben. Es gibt einen speziellen Grund. Alle sind entzückt von dem lieben kleinen Ding. Ich werde enttäuscht sein, wenn Du nicht auch kämst. Es ist alles vor Jahren passiert, wir können es doch wohl vergessen; und Edward fragt mich immer, warum ich Dich nicht einlade, und es scheint so absurd, wenn ich keinen vernünftigen Grund geben kann. Ich würde es wirklich traurig von Dir finden, wenn Du nicht kommst. In Liebe, L. N. Carrington."

Henrietta, die über die Angelegenheit nachdachte, meinte, dass es keinen Grund gäbe, warum sie nicht gehen sollte. Mit siebenundzwanzig fühlte sie sich eher älter als diese Generation mit achtundvierzig und hielt es für lächerlich, dass sie auf einen Ball gehen sollte. Aber als sie erst einmal dort war, sorgte Louie dafür, dass sie sich sehr wohlfühlte; sie stellte fest, dass ihre Bemerkungen warm aufgenommen wurden und ihre wenigen zögerlichen witzigen Einfälle Vergnügen bereiteten, sodass sie anfing zu glauben, sie sei letztlich doch nicht ganz abgeschrieben.

„Fahr morgen nicht, Etta – bleib hier. Es gibt das Jagdrennen am Freitag; ich möchte, dass du das siehst."

„Nein, danke, Louie", sagte Henrietta, „ich kann Mutter nicht länger allein lassen. Es ist ganz wunderbar gewesen, viel wunderbarer, als du dir vielleicht vorstellen kannst – du bist so sehr daran gewöhnt; aber ich muss zurück."

„Also, das ist wirklich Unsinn, Etta. Mutter hat Ellen, und sie hat Vater, und alles ist gut für sie, das hast du selber gesagt."

Doch Henrietta hielt an ihrer Ablehnung fest, denn sie besaß all den starken, wenn auch manchmal gedankenlosen Pflichtsinn ihrer Generation.

„Nun, wenn du gehen willst, musst du es. Aber jetzt, wo du angefangen hast zu kommen, musst du oft kommen. Schreib eine Zeile, wann immer du möchtest, und lade dich selbst ein."

Als sie gute Nacht sagten, flüsterte Louie:

„Hast du mir vergeben, Etty?"

„Ja", sagte Henrietta, „das ist alles vergangen und vergessen."

„Tatsächlich", sagte Louie, „ist er nicht sehr glücklich mit ihr; sie kommen nicht zurecht. Die Moffats kennen ihn, und Mrs Moffat hat es mir erzählt."

„Oh, das tut mir leid", sagte Henrietta, aber sie war nicht unzufrieden.

Evelyn blieb zurück, und Louie sprach mit ihr über Henrietta. „Arm dran", seit ihrer Heirat war Henrietta „arm dran" gewesen für Louie, „Die arme Etta sieht wirklich nicht schlecht aus, und wenn sie lebhaft wird, ist sie nicht unattraktiv. Wenn ich sie häufiger hier haben würde, denke ich, dass ich etwas für sie tun könnte."

Als Evelyn etwa eine Woche später zurückkam, hatte sie etwas anzukündigen. Sie hatte sich mit einem Offizier verlobt, ein Freund der Carringtons, der zu Gast gewesen war. Er war reizend, die Verlobung war all das, was man sich wünschen konnte, und Evelyn strahlte.

Henrietta wusste, dass eine solche Mitteilung früher oder später kommen musste, doch sie hatte sich so nach ein paar Jahren glücklichen Beisammenseins gesehnt. Sie versuchte, nur an Evelyn zu denken, aber sie konnte nicht alles, was ihr durch den Sinn ging, zurückhalten.

„Stellt dir vor, wie ich allein bleibe. Es war so öde, und als zu kamst, hast du alles verändert. Jetzt wird alles wieder so werden wie zuvor."

„Nein, nein, Etty Liebling; du wirst kommen und bei uns bleiben, monatelang."

„Nein, das werde ich nicht. Wenn du ihn hast, brauchst du mich nicht."

„Doch, werde ich. Ich werde dich umso mehr brauchen. Ich liebe dich mehr, als ich es jemals in meinem Leben getan habe, meine süße Schwester. Wir zwei, wir waren immer etwas Besonderes, seit ich mich erinnern kann, oder?"

Henrietta war ein wenig getröstet und bemerkte nicht, dass, obwohl Evelyns Zärtlichkeit vollkommen aufrichtig war, sie von der eigenartigen Erweiterung des Herzens rührte, die wahre Liebe begleitete und ungewöhnlich war.

Die Hochzeit fand beinahe sofort statt, denn das Regiment des Hauptmanns wurde zum Dienst ins Ausland abberufen, und Evelyn fuhr weg in Regionen, wo es für Henrietta nicht möglich war, sie zu besuchen.

Doch wenn sie in England gelebt hätte, hätte sich Henrietta nicht die Freiheit genommen, lange fortzugehen. Nachdem sie nach Hause gekommen war, war sie froh gewesen, dass sie ihren Besuch bei den Carringtons nicht verlängert hatte, denn Mrs Symons ging es nicht recht gut, und sie starb bald darauf, und Henrietta herrschte an ihrer Stelle.

6. Kapitel

Der Haushalt veränderte sich jetzt; zwei Neuerungen wurden eingeführt: William kam aus London, um Partner in der Firma seines Vaters zu werden, und lebte zu Hause, und Harold, der bei einem Ingenieur im Norden beschäftigt gewesen war, fand in der Nähe eine Anstellung und kam ebenfalls zurück. So wurde Henriettas Leben auf einmal viel reichhaltiger an Interessen und Bedeutung, als es jahrelang gewesen war. Als einzige Dame des Hauses wurde von ihr erwartet, Entscheidungen zu treffen, viel Autorität in den Händen zu haben, und mit siebenundzwanzig schätzte sie Autorität außerordentlich. Wenn sie keine Liebe haben sollte, würde sie wenigstens eine Stellung haben, und die Bediensteten hielten sie für eine anspruchsvolle Herrin. Mrs Symons hatte sich, obwohl sie bestimmte Pflichten an Henrietta übertragen hatte, bis zu ihrem Tod als Oberhaupt des Hauses gesehen. Sie verstand mit Bediensteten umzugehen; sie mochten sie immer und blieben bei ihr; doch zuletzt hatte sie Dinge schleifen lassen, und als Henrietta ihren Platz einnahm, fand sie viel zu kritisieren. Die meisten Angestellten gingen, aber einige blieben und stimmten Ellen zu, dass es „einfach Miss Henriettas Art ist; sie ist manchmal komisch". Sie gewöhnten sich jedoch an sie, und die Dinge trotteten ganz ruhig vor sich hin.

Als Ellen ging, um zu heiraten, und niemand in der Küche war, um ihr Zugeständnisse zu machen, hatte sie viel mehr Schwierigkeiten, und Mr Symons wurde gelegentlich gestört in seiner gemütlichen Bibliothek durch eine empörte Erscheinung, die unter Japsern erklärte, dass sie „keinerlei Absicht hat, sich zu beklagen, aber wirklich Miss Henrietta - ----!"

Mr Symons fand das sehr belastend. „Kannst du nicht versuchen, sie einigermaßen zufriedenzustellen? Früher kam so was nie vor", sagte er. Henrietta verteidigte sich dann mit einem Gegenangriff und fand insgesamt, dass der Vorfall für sie anerkennenswert sei, da er zeige, dass sie eine Instanz sei und eine ziemlich gefürchtete Instanz im Haus.

Die Männer dachten auch, dass sie unter einem unnötig strengen Joch stünden. Henrietta nörgelte, wenn sie zu spät zum Essen kamen und den Chintz zerknitterten, oder wenn sie den Hund mit schmutzigen Pfoten hereinließen. Über die Kombination von Freundlichkeit, Schwäche und dem Schleifen-Lassen der Dinge beschwerten sie sich nicht. Mr Symons erinnerte sich und fühlte immer Bedauern über die Episode, die Henrietta selbst beinahe vergessen hatte, und er war entschlossen, es wiedergutzumachen, indem er sie so unfreundlich zu Hause sein ließ, wie sie wollte.

Wenn sie nur ernsthaft miteinander gesprochen hätten, solange noch Zeit dazu war. Es war schwierig für diejenigen, die im selben Haus lebten, zu bemerken, wohin die Dinge strebten. Henriettas Temperament wurde weniger heftig, es gab weniger Gelegenheiten, die Fassung zu verlieren, wenn man erwachsen ist, aber beim Herumnörgeln war sie in ihrem Element.

Doch wenn sie sich nicht beklagten, überließen die Männer Henrietta sich selbst. Mr Symons verbrachte viele Stunden in seinem Club, und ihre Brüder bewirteten ihre Freunde im Rauchzimmer. Sie war leicht enttäuscht; sie hatte die Vorstellung in Romanen und Zeitschriften erhascht, dass man sie, als Tochter im Haus eines verwitweten Vaters, als Schwester im Haus von zwei Brüdern, um Rat fragen würde, sich auf sie stützte, sich ihr anvertraute. Mr Symons vermisste seine Frau bei jeder Gelegenheit, doch er hatte nie das Gefühl, dass Henrietta ihren Platz einnehmen könnte. Ihr Genörgel verschloss sein Herz für sie. Er fand es dumm, vielleicht eher ungerechterweise, denn sie hatte die Angewohnheit von ihrer Mutter geerbt, und ihr Herumgenörgel hatte er nie als albern empfunden.

Was William und Harold anging, so hatten sie das Alter von fünfundreißig und sechsundzwanzig erreicht ohne den Wunsch nach Vertraulichkeit, und warum sollten sie sich wünschen, sich Henrietta anzuvertrauen? Sie war nicht weise und sie war nicht sympathisch. Die bloße Tatsache, dass sie im selben Haus lebten, führte nicht automatisch zu einer Öffnung des Herzens. Weit in der Lebensmitte verlobte sich William und schüttete plötzlich alles seiner Liebsten aus, doch vorläufig waren er und Harold zufrieden damit, durchs Leben zu gehen, ohne jemals etwas über sich selbst zu jemandem zu sagen. Tatsächlich dachten sie kaum jemals an Henrietta. Sie wäre erstaunt gewesen, wenn sie gewusst hätte, was für einen winzigen Unterschied sie in ihrem Leben machte.

Als Herrin des Hauses wurde Henrietta in den Kreis der verheirateten Damen erhoben, und die glücklichsten Stunden ihres Lebens wurden bei den Besuchen verbracht, die sie und die anderen austauschten, wenn sie über Angestellte, Anordnungen, Preise und Gesundheit sprachen.

Sie waren keine vertrauten Freunde. Vielleicht besaßen die Frauen von vor fünfzig Jahren nicht die Fähigkeit zu treuer und enger Freundschaft, die unsere Generation besitzt. Und nun wollte Henrietta nicht wirklich Freundschaften schließen. Sie hätte Vertrautheit für etwas schulmädchenhaft gehalten, ein wenig unter der Würde einer Dame mittleren Alters.

Ihre Eltern waren ganz gewöhnliche Leute in einer Provinzstadt gewesen. Sie und die Gesellschaft, die sie suchten, waren kulturlos und desinteressiert an allem, was draußen in der Welt vor sich ging. Die Männer waren natürlich mit ihren Berufen beschäftigt, und beinahe alle Damen hatten große, wachsende Familien, die ihren Energien volle Entfaltung boten. Henrietta hatte nicht ihre Pflichten und war vermögender als die meisten von ihnen, doch sie fand nicht, dass ihr zu viel Zeit zur Verfügung stand. Lange davor hatte sie die Kunst erlernt, mit einem Minimum an Beschäftigung durch den Tag zu kommen. Nun gaben ihr ihre diversen Pflichten natürlich eine gewisse Menge zu tun, doch nicht genug, um ihren

Geist vorteilhaft zu beschäftigen. Sie sagte häufig: „Ich bin so beschäftigt, ich kann keinen Augenblick entbehren", und lehnte ganz aufrichtig ein Amt im Bezirk ab, weil sie keine Zeit hatte. Wenn Besucher zur Übernachtung kamen, sprach sie von den Vorbereitungen und von der Arbeit, die sie mit sich brachten, als ob alles von ihrem Paar Händen ausgeführt würde. „Da Louie und Edward morgen kommen werden und Harold am Mittwoch nach Tirol reist, weiß ich nicht, wie ich es schaffen soll, aber ich vermute", mit einem resignierten Lächeln, „ich werde das irgendwie hinkriegen." Sie wurde dazu überredet, einmal alle zwei Wochen für eine Stunde ein kleines Hospital zu besuchen, und der Tag und die Stunde wurden von ihrer Umgebung sehr gefürchtet, so gewaltig drohten sie am Horizont und so gehorsam musste jedes andere Ereignis ihrer Zweckmäßigkeit dienlich sein.

Minna und Louie kamen häufig zu Besuchen mit ihren Kindern. Die drei Schwestern kamen viel besser miteinander aus als zuvor, obwohl Louie und Minna in ihre eigenen Angelegenheiten allzu vertieft waren, um Henrietta großen Platz in ihren Gedanken einräumen zu können. Minnas Ehemann erkrankte früh, bevor er Zeit hatte, seine vielversprechenden Aussichten zu erfüllen, während Louies Colonel, als er sich von der Armee zurückzog, seine Freizeit mit Spekulationen verbrachte und sein attraktives Vermögen stark verringerte. Allen drei Schwestern war von ihrer Mutter eine gewisse Geldsumme hinterlassen worden, doch trotzdem waren Minna und Louie beide arm, relativ gesprochen, während Henrietta, ohne jemanden zu haben, der abhängig von ihr war, und mit einer großen Zuwendung von ihrem Vater, sehr gut dastand. Louie und Minna hörten auf, von der „armen Henrietta" zu sprechen, und „Eigentlich hat es Henrietta für sich sehr gut getroffen" war eine Bemerkung, die regelmäßig ausgetauscht wurde.

Henrietta war immer großzügig gewesen, und ihre Schwestern gelangten bald dahin, als Anrecht zu erwarten, dass sie sie retten sollte in Zeiten häuslicher Not: die Schulausbildung eines Neffen zu bezahlen, eine kränkliche Nichte an die See zu schicken und sehr üppige Geschenke an Geburtstagen und zu Weihnachten zu machen. Ihr Standpunkt schien zu sein, dass, wenn jemand so ein Glück gehabt hatte, sich aus den Ärgernissen einer Ehe fernzuhalten, es das Wenigste sei, was sie tun könnte, ihren unglücklichen Schwestern zu helfen. Trotzdem missfiel es ihnen, Henrietta zu Dank verpflichtet zu sein, und sie nahmen ihre Kinder halb vorsätzlich gegen sie ein, um ihre Gefühle zu erleichtern. Die Kinder waren keine schlechten Kinder, aber Henrietta empfand ihre Besuche als belastend. Sie wurde ein wenig unbeugsam und unwillig, gestört zu werden, und sie sagte, die Kinder seien verwöhnt. Minna und Louie hatten beschlossen, nicht die strengen Eltern zu sein wie die ältere Generation, wohingegen Henrietta, die sich an all die Zurechtweisungen ihrer Jugend erinnerte, nun ihrerseits an der Reihe sein wollte zu tadeln, und das machte sie nicht beliebt. Sie gewann diese Kinder nie lieb, sondern behielt ihre Zuneigung für etwas anderes.

Denn es ist nicht davon auszugehen, dass ein Herz mit einer solchen eigenartigen Sehnsucht nach Liebe mit einem Leben zufriedengestellt sein sollte, in dem Gefühl eine so kleine Rolle spielte. Sie hatte nun das Verlangen nach einem Liebhaber beiseitegeschoben. Sie gehörte nicht zu den Frauen, die nichts befriedigen würde außer einer Ehe; insgesamt machte sie sich nicht viel aus Männern. Sie wollte, was sie immer gewollt hatte, etwas zum Liebhaben und etwas zum Geliebtwerden. Und sie hatte allen Grund zu hoffen, dass dieser Wunsch sich endlich erfüllen würde, denn es war zwischen ihr und Evelyn abgesprochen, dass, wenn es Kinder gäbe, sie sie aufziehen sollte, während Evelyn im Ausland war. Um diese Hoffnung baute sie viele glückliche Ideen.

Henrietta hatte Evelyn die ganz Zeit über sehr wenig gesehen – das Regiment zog von einer Stationierung im Ausland zur nächsten – doch sehr liebevolle Briefe wurden zwischen den beiden gewechselt.

Einige Jahre lang wurden keine Kinder geboren. Dann kam ein kleines Mädchen. „Sie soll Etta heißen", hieß es in Evelyns Brief, „und du weißt, dass sie Dein Baby ist ebenso wie unseres. Erinnerst Du Dich, was Du für mich früher getan hast? Ich denke daran, wie Du dasselbe für das Baby tun wirst, und ich könnte es nicht ertragen, wenn es jemand anderes außer Dir täte." Das Baby starb im ersten Jahr. Dann kam ein kleiner Junge, der sogar noch kürzer am Leben blieb; dann ein weiteres kleines Mädchen. Die Eltern und Henrietta wagten dieses Mal kaum zu hoffen. Doch das gefährliche erste Jahr ging vorüber, dann, obwohl es immer sehr zart war, ein zweites, drittes und viertes. Schließlich, als die Pläne reiften, dass es nach Hause kommen sollte, starb es ebenfalls. Es scheint manchmal, als ob der Tod eine bestimmte Familie nicht in Ruhe lassen konnte, sondern zu ihr immer wieder zurückkommen musste.

„Evelyn ist am Boden zerstört", schrieb ihr Ehemann, „und wenn sie in diesem scheußlichen Indien bleibt, glaube ich, werde ich sie auch verlieren. Ich werde, wenn ich kann, in ein Heimatregiment wechseln, oder ich werde die Armee verlassen. Es ist mir gleich, was wir machen, solange ich sie fortbringen kann. Zu allem denkt sie auch noch immer daran, wie es Sie mitnimmt. Ich glaube, das Einzige, was sie trösten kann, ist, sich mit Ihnen richtig auszuweinen."

Henrietta brachte diesen Brief ihrem Vater und flehte ihn an, sie sofort nach Indien reisen zu lassen. Doch das zu erlauben konnte sich Mr Symons, obwohl freundlich und sympathievoll und aufrichtig voller Mitleid, nicht entschließen. Er gelangte in das Alter, in dem er vor heftigen Auseinandersetzungen zurückschreckte. Herbert sagte, sie würden Indien verlassen. Wenn sie ankäme, wären sie wahrscheinlich weg, und was wäre das dann für ein wildes Hin und Her. Und dann könne sie natürlich nicht allein reisen, und wer sollte sie begleiten? Ihre Brüder könnten keine

Zeit entbehren, und er fühle sich nicht stark genug zu gehen, und sie müsse einen Mann bei sich haben. Edward? Nein, gewiss nicht. Seit seinen Spekulationen haftete Edward etwas Unangenehmes an. Nein, es wäre viel besser, einen freundlichen Brief zu schreiben – er würde auch schreiben – und dieses wirklich alberne Vorhaben fallen zu lassen, das u. a. sehr kostspielig sein würde, kostspieliger, als er sich gerade in der Lage fühlte auf sich zu nehmen.

Sie sagte, sie würde allein reisen.

„Dann würdest du gänzlich ohne meine Genehmigung fahren. Es in Betracht zu ziehen, ist eine völlig unmögliche Sache für eine junge Dame. Du bist noch niemals im Ausland gewesen, und du denkst daran, unbegleitet nach Indian zu reisen."

Sie hatte niemals im Widerspruch zu ihren Eltern gehandelt, obwohl sie in kleinen Angelegenheiten ihren Vater häufig dominiert hat, wenn er nicht widerstanden hatte. Sie war immer schwach, sie konnte nur kämpfen, wenn die andere Seite nicht zurückschlagen würde. Sie meinte: „Oh Vater, ich muss fahren", und als er sagte, „Unsinn, ich kann es mir nicht vorstellen", klappte sie zusammen, zum Teil aus Feigheit, zum Teil aus Pflicht, obwohl ihr Vater auch nicht im Geringsten willensstark war und mit etwas ernsthaftem Widerstand zum Nachgeben gebracht worden wäre. Sie spürte in Evelyns Brief bitterlich den Vorwurf, „Wenn Du nur hättest kommen können."

Sie fühlte sich nicht so wahnsinnig elend wie fünfzehn Jahre zuvor, denn nun im mittleren Alter hatte das, was sie durchlebte, nicht dieselbe verzweifelte Bedeutung; aber damals hatte sie eine kleine Nische der Hoffnung im Verborgenen, dass vielleicht etwas passieren könnte, wohingegen sie jetzt deutlich erkannte, dass die Perspektive, die ihr ein hauptsächliches Anliegen und Vergnügen geschenkt hatte, für immer zerstört war.

Der Kummer war ihr anzusehen, sie bekam eine Erkältung, die sich zu einer Lungenentzündung entwickelte. Sie war lebensgefährlich krank für einige Wochen, und als es ihr besser ging, brauchte sie lange, um ihre Kraft aufzurichten, denn sie hatte nicht den Wunsch, gesund zu werden.

Minna und Louie fanden es merkwürdig, dass Henrietta sich „so über Evelyns Kinder aufreibt, die sie nie gesehen hat. Sie schien immer so viel mehr Getue um sie gemacht zu haben als um ihre eigenen Neffen und Nichten in England. Verständlich sei es natürlich, dass Evelyn selbst zerfahren sein musste, aber bei Henrietta schien es beinahe etwas übertrieben."

Als sie gesund genug war, um zu reisen, empfahlen die Ärzte Südfrankreich für den Winter, und sie reiste mit einer verheirateten Freundin, jener Carrie Bostock von der Italienischlektüre.

Es war alles sehr angenehm und unterhaltend für Henrietta, die niemals im Ausland gewesen, nicht einmal von ihrer eigenen Familie weg gewesen war. An der Riviera konnte sie bis zu einem gewissen Maß ihre Gedanken verdrängen, doch sie zählte die Tage mit Ernüchterung, da jeder mit seinem

Schwinden sie näher dahin brachte, ihr Leben zu Hause wieder aufzunehmen.

Eines Nachmittags erhielt sie einen Brief von ihrem Vater.

„Meine liebe Henrietta", lautete er, „ich weiß nicht, ob es Dich überraschen wird zu hören, dass ich verlobt bin und Mrs Waters heiraten werde. Wir kennen einander noch nicht lange, aber ich muss sagen, ich habe sehr schnell gespürt, dass sie jemand ist, der den Platz Deiner lieben Mutter einnehmen könnte. Ich denke, es ist sehr wahrscheinlich, dass Du bemerkt hast, wohin die Dinge tendieren. Ich bin sicher, dass wir alle sehr glücklich zusammen sein werden, und ich hoffe, Du wirst ihr einen freundlichen Brief des Willkommens in unserer Familie schreiben. Sie wird Dir, da bin ich sicher, beides, Mutter und Schwester, sein usw."

Die Neuigkeit war niederschmetternd für Henrietta. Sie war so vereinnahmt gewesen von ihrem eigenen Kummer, dass sie nichts davon bemerkt hatte, was um sie herum vorging. Mrs Waters, eine Witwe, die sich unlängst in der Nachbarschaft niedergelassen hatte, war einige Male in ihrem Haus gewesen und hatte sie in dem ihren bewirtet, aber dass sie mehr sein sollte als eine freundliche Bekanntschaft, war Henrietta nie in den Sinn gekommen. Sie sollte verdrängt werden, ihre Mutter sollte verdrängt werden, und sie sollte dem Eindringling ein warmes Willkommen schenken. Ihr vergessenes Temperament brach hervor. Sie schrieb einen wütenden

Brief an ihren Vater, schleuderte ihm all die lächerlich übertriebenen Dinge entgegen, die die meisten Menschen zu Beginn eines Wutanfalls fühlten, aber wenige so verrückt waren, zu Papier zu bringen. Sie lehnte es gänzlich ab, Mrs Waters zu schreiben.

Sie erleichterte sich auch, indem sie allem widersprach, was Carrie sagte, und gab ihr damit eine gute Entschuldigung für jene langen Unterhaltungen mit Dritten, die regelmäßig stattfinden, wenn Freunde gemeinsam im Ausland gewesen waren und damit anfingen: „Ich hatte wirklich keine Ahnung, dass sie das *könnte.*"

Nachdem sie den Brief geschrieben hatte, war sie, wie üblich, sehr beschämt. Sie schrieb erneut und nahm alles, was sie gesagt hatte, zurück, aber ihr Vater war zu sehr verletzt worden, um zu antworten.

Sie kam erst kurz vor der Hochzeit zurück, um ihn in einem neuen Licht zu sehen – als Liebhaber, denn er, mit fünfundsechzig, und Mrs Waters, mit siebenundvierzig, hatten sich verliebt.

Als Henrietta mehr von ihrer zukünftigen Stiefmutter sah, musste sie ehrlicherweise eingestehen, dass sie sie mochte. Sie war nicht nur sehr attraktiv, sondern sie war überaus nett und freundlich, so darum bemüht, Menschen glücklich zu machen, so gänzlich ohne gönnerhafte Attitüde, und Henrietta konnte sehen, wie jeder unter ihrem Lächeln erwärmte.

Henrietta hatte beschlossen, dass sie nach der Heirat nicht zu Hause leben würde. Weder sie noch ihr Vater konnte den Brief vergessen, es war besser, dass sie sich trennten. Sie hatte ihn erneut um Vergebung gebeten, doch keiner von beiden fühlte sich mit dem anderen wohl.

Sie blieb für einige Wochen, nachdem Mr und Mrs Symons von der Hochzeitsreise zurückgekehrt waren, und sah beinahe mit Bestürzung, wie sich der Geist des Hauses änderte. Es wurde friedlich, höflich, harmonisch; man hätte es nicht für dasselbe Haus halten können. Der gesamte Haushalt mochte Mrs Symons; sogar ihr eigener Hund ließ Henrietta im Stich. Es war nicht so, dass sie von ihrem Platz verdrängt wurde, es war so, dass Mrs Symons einen Ort schuf, der niemals ihrer gewesen war. Sie hatte in den ganzen zwölf Jahren keine Ahnung gehabt, wie wenig sie sich beliebt gemacht hatte. Sie hatte ihre Chance gehabt, ihre eine große Chance im Leben, und sie hat sie verpasst.

Als sie wegging, gab es freundliche gute Wünsche für ihr Fortkommen, Interesse an ihren Plänen, viele Hoffnungen, dass sie sie besuchen würde, doch kein Bedauern; mit einer Klarheit und Ehrlichkeit der Sicht, die sie unglücklicherweise besaß, erkannte sie das – kein Bedauern.

Was war der Sinn von zwölf Jahren, in denen sie sich aufrichtig bemüht hatte, ihr Bestes zu tun, wenn sie nicht eine kleine Gedenkstätte der Zuneigung aufgebaut hatte? Es war die alte Klage ihres ganzen Lebens: „Ich werde nicht gebraucht." Die Seelenqual, die sie mit Evelyn und ihrem Mann geteilt hatte, war viel schärfer gewesen; doch mittendrin hatte es Trost gegeben in der herrlichen Verbindung, die sie mit den Kindern gefühlt hatten und miteinander. Hier gab es nichts, was sie aufheiterte; es gibt nicht viel Trost, wenn man scheitert, wo es für andere ganz leicht scheint, Erfolg zu haben.

Nun, da es offensichtlich wurde, dass sie so wenig vermisst würde, hatte sie es eilig, die Trennung hinter sich zu bringen und fort zu sein. Doch ihr nicht unternehmungsfreudiger Geist schrak davor zurück, in die Welt hinauszugehen, um allein zurechtzukommen. Sie war sehr im Zweifel darüber, was sie tun sollte. Sie wäre bei Minna oder Louie nicht willkommen gewesen, selbst wenn sie gewünscht hätte, bei ihnen zu wohnen. Ihr zweiter Bruder war an einem unzugänglichen Ort im Ausland. Evelyn und Herbert waren auch nicht erreichbar. Er hatte in ein Regiment gewechselt, das in Halifax, Kanada, stationiert war.

Aber die Entfernung, wie groß auch immer, hätte vielleicht in Kauf genommen werden können, wenn sie nicht einen unseligen Streit mit Herbert gehabt hätte. Es fing mit ein paar Missverständnissen über den Gedenkstein auf dem Grab des jüngsten kleinen Mädchens an, zu dem Henrietta beitragen wollte. Sie hatte von der Riviera aus Evelyn mit all der Wundheit überanstrengter Nerven und des Kummers geschrieben, aus der die Erhabenheit verschwunden war. Die bloße Tatsache, dass sie einander so eng verbunden gewesen waren, ließ sie zu Evelyn besonders reizbar sein. Nach ein oder zwei ihrer Briefe kam eine Antwort von Herbert:

„Evelyn ist sehr krank durch all das, was sie durchgemacht hat, und der Arzt sagt, dass es äußerst wichtig sei, dass sie sich von jeglicher Art Kummer fernhält. Sie war so verzweifelt über Ihren letzten Brief, und Ihnen zu antworten hat ihr so viel abverlangt, dass ich mir die Freiheit genommen habe, ihr diesen vorzuenthalten. Sie haben kein Recht, ihr in dieser Weise zu schreiben, und ich muss Sie bitten, vorläufig alle Korrespondenz fallen zu lassen, wenn Ihre Briefe in dem gleichen Ton sein sollten."

Henrietta erklärte, dass er versuche, zwischen sie und ihre Schwester zu kommen, und dass, wenn das der Fall sei, sie sie nie wieder behelligen werde. Sie schrieb einige Wochen überhaupt nicht, dann hatte sie Gewissensbisse, doch Herbert konnte ihr nicht vergeben. Er schrieb kühl, dass Evelyn immer noch derart aus dem Gleichgewicht sei, um in der Lage zu sein, ohne übermäßige Erregung Briefe entgegenzunehmen.

7. Kapitel

Selbst jetzt, wo es ein gewisses Maß an Wahlmöglichkeiten und Freiheit gibt, findet es eine Frau, die mit neununddreißig Jahren auf ihre eigenen Fähigkeiten zurückgeworfen wird, ohne vorherige Ausbildung und ohne offensichtliche Anrechte und Pflichten nicht sehr leicht zu wissen, was sie mit sich anfangen soll. Doch eine Generation zuvor war das Problem weitaus gravierender. Henrietta war als alleinstehende Frau vermögend, aber sie besaß keine Fähigkeiten und war nicht leicht im Umgang. Sie hätte es als herabwürdigend empfunden, in irgendeiner Form zu unterrichten – unterrichten, die natürliche Zuflucht einer untätigen Frau.

Drei oder vier Richtungen boten sich an. Zuerst Menschenliebe. Sie war nicht wirklich philanthropischer, als sie es mit zwanzig gewesen war, als ihre Tante ihr das Glück beschrieben hatte, für andere zu leben. Doch sie fand mit beinahe vierzig, dass wohltätige Arbeit eine vernünftige Art sei, ihre Zeit auszufüllen, insgesamt die vernünftigste.

Sie hatte nie viel mit armen Leuten zu tun gehabt. Mrs Symons hatte der Aufwartefrau und dem Gärtner geholfen und dem Kutscher von den Livreeställen, als sie in besonderen Schwierigkeiten waren, und Henrietta hatte damit weitergemacht und hatte ihre Stunde im Hospital verbracht. Das war alles. Da gab es natürlich die Dienstboten, doch mit Ausnahme von Ellen betrachtete sie Dienstboten mehr als Maschinen, die für ihre

Bequemlichkeit gemacht waren, geneigt, in Unordnung zu geraten, wenn man sie nicht ständig beobachtete.

Gänzlich ohne Begeisterung und mit einem trostlosen Kampf gegen ihr Los, erkundigte sie sich unter ihren Bekannten, wo sie vielleicht wohltätige Arbeit finden könnte. Schließlich kannte jemand jemanden, der jemanden kannte, der in London für einen Geistlichen arbeitete. Nach weiteren Erkundigungen stellte sich heraus, dass der Jemand eine Dame war, die sich sehr freuen würde, wenn Henrietta kommen und bei ihr wohnen würde, während sie sah, wie ihr die Arbeit gefiel.

Der Geistliche, die Dame und all die anderen Mitarbeiter waren ernsthaft, begeistert, von edler Gesinnung und voll gesunden Verstands. Henrietta war nichts davon. Sie war zudem sehr ungenau, unpünktlich und vergesslich, und wenn auf ihre Fehler in der freundlichsten Weise hingewiesen wurde, war sie beleidigt, nicht weil sie eingebildet war, sondern weil sie in ihrem Alter darüber hinaus war, dass man sie auf Dinge hinwies. Sie blieb sechs Monate, und während dieser Zeit war sie immer mit jemandem gekränkt und manchmal mit allen.

Die Arbeit wurde stärker auf dem Weg von Wohltätigkeitsorganisationen geführt, als es in jenen Tagen üblich war; Geld wurde nicht ohne angemessene Überlegung und Beratung vergeben. Das war schwierig und erforderte mehr Nachdenken, als Henrietta wichtig war, deshalb ersparte sie sich Mühe, indem sie fünf Shilling gewährte, wann immer sie wollte, weil sie im

Grunde ihres Herzens meinte, dass, wenn man sie nicht um ihrer selbst willen gern haben konnte, sie Zuneigung eher kaufen würde, als überhaupt nicht gemocht zu werden. Die fünf Shilling allerdings erkauften weder Dankbarkeit noch Zuneigung. Sie hatte immer eine widerwillige Art mit Menschen einer anderen Klasse als der ihren und die Überzeugung, trotz wahlloser Almosen, dass sie getäuscht wurde. Dieser Regelverstoß brachte den Pfarrer zur Verzweiflung. Sein ganzes Herz war bei der Arbeit, und Henriettas Illoyalität behinderte ihn in jeder Hinsicht.

„Kann man sie nicht bitten, damit aufzuhören, sich in die Gemeinde einzumischen?", sagte er zu seiner Frau.

„Nein, mein Lieber, du weißt, das kann man nicht, und sie ist sehr großzügig, auch wenn sie lästig ist. Sie war häufig sehr hilfreich. Du solltest dankbar sein."

„Ich bin nicht dankbar", sagte er, während er durch das Zimmer auf und ab ging, „und dann ist sie so kleinlich, immer diese absurden Zänkereien. Sie hat nicht einen Funken Liebe zu Gott oder den Menschen. Das liegt allem zugrunde. Wir brauchen niemanden von der Art. Wenn sie sich etwas aus Menschen machen würde, selbst wenn sie sie verkümmern ließe, würde ich sie vielleicht für einen Dummkopf halten, aber ich könnte sie respektieren; aber du weißt, dass sie sich aus keiner Seele etwas macht mit Ausnahme von sich selbst."

„Ich glaube nicht, dass es das ist, aber sie ist in großen Schwierigkeiten, da bin ich sicher. Als du über Trauer gepredigt hast am letzten Sonntag, sah ich, dass ihre Augen mit Tränen gefüllt waren."

„Waren sie das?", sagte er. „Das tut mir leid. Aber sieh mal, meine Liebe, ich glaube nicht, dass diese Arbeit als ein Heilmittel benutzt werden sollte oder als Tummelplatz für Faulenzer, die nicht wissen, was sie sonst machen sollen. Wenn Menschen es nicht tun, weil sie glauben, dass es das größte Privileg auf der Welt ist, es tun zu dürfen, finde ich nicht, dass sie viel Gutes tun."

„Ich finde, du bist zu streng mit ihr."

„Bin ich das? Ich vermute, das bin ich wohl. Ich weiß, dass ich völlig geschafft bin. Sie steckt Mrs Wilkins heimlich Geld zu, das die alte Dame in Gin umsetzt, und wenn ich dann die Umstände erkläre und sie anflehe, das zu lassen, quasselt sie mich zu mit einem Sturzbach von unzusammenhängenden Äußerungen, die überhaupt nichts mit der Sache zu tun haben."

Es stimmte gewiss, dass Henrietta nicht viel Gutes bewirkte, und niemand war sich dessen bewusster als sie selbst. Sie stand außerhalb der Gemeinschaft und blickte in sie hinein wie ein hungriger Bettler auf ein Festmahl. Wie sie sie um ihr Glück beneidete, aber sie fand nicht, dass sie mit ihnen teilnahm oder jemals teilnehmen würde. Während die Monate vergingen, kam sie ihnen nicht näher. Sie waren alle derart beschäftigt, so stark in ihrer Gemeinschaft miteinander, dass sie keine Zeit dafür zu haben schienen, jemandem freundlich die Hand entgegenzustrecken, der sie wenigstens so nötig hatte wie Mrs Wilkins.

Die Dame, bei der sie wohnte, fand sie anstrengend. „Eine sehr anstrengende Person", war der Satz, der bei ihr die Runde machte, „kritisiert ständig kleine Vorkehrungen bei den Mahlzeiten und der Haushaltsführung", denn Henrietta konnte sich zunächst nicht damit abfinden, dass sie keine Autorität ausüben sollte, und das Herumpoltern war keine gute Vorbereitung für schwesterliche Sympathie ihr gegenüber.

Die Frau des Pfarrers hätte sich vielleicht mit ihr anfreunden können, doch während der sechs Monate, in denen Henrietta in der Gemeinde war, war Mrs Wharton krank und kaum fähig, jemanden zu sehen. Im Übrigen war sie schüchtern, und das einzige Mal, dass Henrietta zum Tee kam, gelang es ihnen nicht, über den Vergleich von Hotels im Ausland hinauszukommen.

Henrietta hätte gern ihre Sorgen anvertraut, aber als sie älter wurde, war sie weitaus zurückhaltender geworden, und sie schämte sich auch dieser Sorgen, um über sie sprechen zu können. Zu denken, dass sie ihre eigene Schwester, so krank und betrübt sie war, noch kränker und betrübter gemacht hatte, konnte sie sich nicht verzeihen; sie war sogar noch strenger mit sich, als Herbert es gewesen war.

Wie Mr Wharton gesagt hatte, war es nutzlos, sich dieser mühseligen Arbeit zu widmen, wenn ihr Herz woanders war. Als ihre sechs Monate Probezeit zu Ende gingen, war es klar, dass das Einzige, was sie machen konnte, war, zu gehen. Keiner von ihnen konnte so tun, als täte es ihm leid, und da jeder meinte, sie sei froh, schien es keinen Grund zu geben, die Gefühle zu verbergen. Sie wären überrascht gewesen, wenn sie ihre Gedanken gekannt hätten, als sie an ihrem letzten Sonntag im Abendgottesdienst saß. „Was immer ich tu, ich scheitere; was ist der Sinn, dass ich lebe? Warum bin ich geboren worden?"

Sie sagte zu Mr Wharton in ihrem Abschiedsgespräch: „Ich weiß, dass ich sehr einfältig gewesen bin zu lernen, was getan werden sollte, und ich war nicht bereit gewesen, Rat anzunehmen. Jetzt, da ich zurückblicke, sehe ich die Fehler, die ich gemacht habe, und ich habe mehr Schaden angerichtet, als Gutes getan. Ich möchte Ihnen" – sie nannte eine große Summe in Anbetracht ihres Einkommens – „geben, um sie zu verwenden, wie Sie es für richtig halten. Ich hoffe, dass es vielleicht hilft, es wiedergutzumachen. Es tut mir sehr leid."

Er hörte ein Zittern in ihrer Stimme, und das Missfallen und die Verärgerung, die er all die sechs Monate verspürt hatte, verblassten.

„Das ist viel zu großzügig von Ihnen", stammelte er. „Es ist meine Schuld, allein meine Schuld. Ich bin so reizbar gewesen, ich habe keine Nachsicht geübt. Meine Frau sagt mir das ständig. Ich wünschte, Sie würden mir verzeihen und uns eine weitere Chance geben. Bleiben Sie sechs Monate länger."

Seine Unbeholfenheit und Verzweiflung entwaffneten sie beinahe, doch sie hat seine schroffen Antworten gespürt, und mit beinahe vierzig wollte sie sich nicht ernüchtern lassen wie ein Kind. Daher, obwohl sie sich aus vielen Gründen danach sehnte zu bleiben, antwortete sie: „Danke, es war eine rein vorübergehende Vereinbarung; ich habe andere Pläne."

Als sie nach Hause ging, fragte sie sich, was die anderen Pläne seien.

Wenn man Zweifel hat, soll man ins Ausland reisen. Sie fuhr wieder ins Ausland für drei Monate. Ihre Begleitung wurde ohne besondere Überlegung ausgewählt, eine eigenartige Frau wie sie selbst.

Sie gingen nach Italien. Keine von ihnen machte sich das Geringste aus Skulpturen, Architektur, Malerei, Archäologie, Dichtkunst, Geschichte, Politik, Landschaft, Sprachen oder Ausländer. Letztere betrachtete Henrietta wie untergebene Anglo-Inder Ureinwohner betrachteten, indem sie sie immer als „dieses Gesindel" bezeichnete.

Wie die meisten Frauen liebte sie bestimmte Blickpunkte in ihrem Garten zu Hause, die mit Ereignissen in ihrem Leben verbunden waren. Da gab es einen Weg, umsäumt von Rosen, den sie entlanggegangen waren, als Evelyn ihre Verlobung bekannt gegeben hatte, und ein besonderer alter Apfelbaum erinnerte sie an den Abend, als ihre Mutter starb. Aber zu gehen und das zu bewundern, was Baedeker einen herrlichen *coup d'oeil* nannte, war keinerlei Freude für sie.

Allerdings fanden sie und Miss Gurney einen unaufhörlichen Zeitvertreib, den besonders Italien zu bieten hat. Sie konnten kurze Besuche in verschiedene Städte unternehmen und Sehenswürdigkeiten in ihre Tage einpassen, wie man Stücke in ein Puzzle einpasste. Henrietta fand diesen Sport höchst befriedigend.

8. Kapitel

Gerade als sie die Abendessen an den Tables d'hôte leid wurden, kam in ihr Hotel eine Lernenthusiastin. Es waren die Tage vor den Frauencolleges; sie wurden eingerichtet, aber nur von Pionierinnen besucht, in deren Reihen keine Henriettas zu finden waren. Doch natürlich waren Vorlesungen so selbstverständlich, dass nicht einmal die schüchternsten sie als fragwürdig betrachten konnten. Da die Philanthropie gescheitert war und niemand behaupten konnte, dass die Kunst eine Bereicherung für Henrietta sein könnte – ihre Laufbahn mit Zeichnungen und zwei mehrstimmigen Liedern war phänomenal kurz gewesen (so unschätzbar sie sich auch für viele Engländerinnen erwiesen hat, die unter ihrem Kummer litten) – wies alles aufs Studieren als nächste Lösung auf der Liste.

Studieren. Henrietta hatte kein Buch gelesen, das geistige Anstrengung erforderte, seit ihren zwölf Kapiteln von „I Promessi Sposi" vor fünfzehn Jahren. Dennoch klangen die Vorträge angenehm für sie; sie waren etwas Neues, sie waren – ihr fiel nichts weiter ein, was sie waren –, etwas Neues sollte ihr Anspruch auf Distinktion sein.

Sie und ihre Reisebegleitung fanden eine Pension in der Nähe des Vortragsraums. London und die Unterkünfte sahen gleichermaßen ernüchternd aus nach der Helligkeit des Auslands, doch sie waren erregt durch die Aussicht, sich auf eigene Rechnung einzurichten. Es war kühn, aber nicht zu kühn.

Henrietta traf auf eine Gruppe von Enthusiasten beim Vortrag; es schien ihr Schicksal zu sein, auf eine Begeisterung zu stoßen, die sie nicht teilen konnte. Junge Damen, Damen mittleren Alters, sogar alte Damen hörten alle gebannt – wenigstens, wenn nicht vollkommen gebannt, gebannt im Vergleich zu Henrietta – einem älteren Gentleman zu, der über Aristoteles referierte. Für die meisten von ihnen war Aristoteles, und die Befriedigung, ihren Verstand zu benutzen, ausreichend, aber ein kleiner Kern von Frauen mittleren Alters in der ersten Reihe, deren Haar eher kurz war und die Augen hatten, die vor Intelligenz funkelten, benutzten das Lernen als Symbol für Emanzipation. Vorträge waren ihre Wahlstimme. Jetzt wären sie im Gefängnis.

Henrietta hörte fünf Minuten lang zu, dann sprangen ihre Gedanken plötzlich zu ihrer Reisetasche: sie hatte den Schlüssel in Dieppe verloren. Sie wanderten zu der Unhöflichkeit im Zollhaus, zur Unhöflichkeit des Kellners in Bale, zur Unhöflichkeit des Gärtners in ihrem alten Zuhause, dem Geranienbeet im Garten – würde sich ihre Stiefmutter darum kümmern? –, zu ihrem Vater, ließ sein Sehvermögen wirklich nach? Sie kam mit einem Ruck zurück, um festzustellen, dass der Vortrag einige Seiten vorangegangen war. Sie hörte mit mäßigem Erfolg für weitere fünf Minuten zu, dann wanderten ihre Gedanken zu ihrer Wirtin in der Pension; sie war vollkommen aufrichtig, erregte ihre Miene Vertrauen? Es gab die Perlenbrosche, die ihr Louie geschenkt hatte;

morgen war Louies Geburtstag, sie musste schreiben und auch erfahren, wie Tom in seinem zweiten Schuljahr vorankam, sie musste ihm einen Präsentkorb schicken. Sie hatte den Inhalt des Präsentkorbs geklärt, als sie bemerkte, dass jemand zu ihr sprach. Der Dozent fragte sie, ob sie gern einen Aufsatz schreiben möchte. Er hoffe, dass so viele Damen wie möglich sich an einem Aufsatz versuchten; es wäre ein großes Vergnügen und ein Reiz, sie durchzuarbeiten usw.

Auf dem Rückweg fand sie Miss Gurney von allem hingerissen; sie schien sehr viel mehr aufgenommen zu haben als Henrietta. Sie gingen sofort in eine Bibliothek und zu einer Buchhandlung, um zu holen, was ihnen empfohlen worden war zu lesen, und Miss Gurney kaufte Mengen an Papier. Sie war den ganzen Abend konzentriert bei der Arbeit. Henrietta hatte eines der Bücher aufgeschlagen vor sich, doch sie fand die gleichen Schwierigkeiten, sich zu konzentrieren, wie während des Vortrags. Miss Gurney füllte schnell ein Kladdeheft mit Auszügen und unterhielt sich zugleich.

„Ah, das war das Stück, das ich heute Morgen nicht ganz verstehen konnte. Ja, ich sehe, jetzt ist es ganz verständlich. Sehen Sie, Miss Symons. Oh, ich werde Griechisch lernen, bestimmt werde ich das, wie er sagte, das wird es zwanzigmal interessanter machen."

Über was waren sie alle so begeistert? Henrietta hatte sich nie etwas aus abstrakten Fragen gemacht, und sie konnte nicht erkennen, dass es irgendeinen

Zweck hatte, zu enthüllen, was die alten Griechen über sie vor über zweitausend Jahren dachten. Am Abend zuvor hatten sie und Miss Gurney ein interessantes Gespräch über den Wochendurchschnitt von Haushaltsbüchern geführt. Da fühlte sie sich wohl und auf festem Boden. Warum also besuchte sie Vorlesungen über Aristoteles? Nun, weil Miss Gurney eine Freundin hatte, deren Cousine den Dozenten geheiratet hatte, Professor Amery, und bei dem schweren Problem, ein Thema zu wählen, wenn es eigentlich nichts gab, aus dem sie sich etwas machte, war das ein hinlänglich guter Grund.

Dann erinnerte sich Henrietta, wie sie und Emily Mence vor Jahren in der Schule den ganzen Samstagnachmittag über Maria von Schottland gestritten hatten und am folgenden Tag nicht miteinander geredet hatten, weil Emily Maria als leichtfertig bezeichnet hatte. War sie wirklich jemals dieses seltsame kleine Mädchen gewesen? Dennoch war sie bestrebt, dem Dozenten eine Chance zu geben, äußerst bestrebt, denn sie hatte bereits unter der Anteilnahme von Minna und Louie leiden müssen, dass die Gemeindearbeit gescheitert war. Sie las drei Kapitel und schlief in der Mitte des vierten ein und ging eine halbe Stunde früher als gewöhnlich zu Bett. Am nächsten Morgen konnte sie sich nicht an ein einziges Wort von dem erinnern, was sie gelesen hatte, bis auf zwei Daten und an einen Satz, der in ihrem Kopf geblieben war: „Selbst jetzt, in der zweiten Hälfte des neunzehnten Jahrhunderts, trotz eines beispiellosen

Fortschritts in unserem Wissen über die Naturwissenschaften, hat die Welt noch keinen Geist hervorgebracht, der dem von Aristoteles in seiner erstaunlichen Vielseitigkeit und Weisheit des Wissens gleichkommt." Sie entschloss sich, weiterzumachen; aber war es ihr Unterbewusstsein, das eine große Ansammlung von Briefen entdeckte, die dringend von ihr beantwortet werden mussten, bevor sie an etwas anderes denken konnte?

Nach dem Vortrag gab es einen Kursus, bei dem jeder sprach. Sogar die liebe alte Dame neben Henrietta stellte eine zitternde Frage. Ja, eine kleine zarte alte Dame hatte die Energie, den Fluss des Vortrags in ihrem Kopf zu behalten. Sie meinte, Aristoteles' Fragestellung, ob es für Sklaven möglich sei, gewöhnliche Tugenden zu besitzen, lasse sie an die Unterscheidung in der christlichen Lehre der Briefe des Apostel Paulus denken. War einer der anderen griechischen Philosophen menschlicher in seinen Ansichten über die Sklaverei gewesen? Dann war eine andere Stimme zu hören und verglich die altertümliche Vorstellung von Sklaverei mit dem Sklavenkodex der Vereinigten Staaten. Die Stimme war ziemlich durchdringend, aber nicht unangenehm. Sie hatte eine Menge zu sagen und schien für einige Minuten geneigt, den Vortrag gänzlich vom Dozenten an sich zu reißen. Henrietta blickte in ihre Richtung und sah eine kleine apfelbäckige ältere Dame. Die Stimme und das Gesicht brachten sie zum Nachdenken, und am Ende des Vortrags war sie sicher, dass die ältere Dame Miss Arundel sei. Sie sprach sie an, und als Miss Arundel sich besonnen hatte, wer sie war (es brauchte einige Zeit), erhielt Henrietta eine sehr höfliche Einladung zum Tee.

Miss Arundel lebte mit einer Nichte in Räumlichkeiten ganz in der Nähe von Henrietta. Mrs Marston war tot, und Miss Arundel war von der Schule in den Ruhestand gegangen mit gerade ausreichend genug, um in angemessenem Komfort zu leben.

„Also jetzt, nachdem ich mein ganzes Leben lang unterrichtet habe, gönne ich es mir zu lernen, und ich kann Ihnen nicht sagen, wie sehr ich es genieße, Miss Symons. Ada und ich mögen Professor Amery wirklich sehr." Und sie plänkelte weiter über den Vortrag und das Buch, das sie gerade las, und legte nicht viel Wert darauf, über die alten Zeiten zu sprechen, die immer noch kostbar für Henrietta waren. Es erstaunte Henrietta zu denken, dass sie einst beim Anblick dieser pingeligen, redseligen kleinen Gouvernante errötete und gezittert hatte.

Sie mochte vielleicht eine Langweilerin sein, aber ihre Glückseligkeit und ihr Interesse am Leben konnten nicht infrage gestellt werden. Sie sei an den letzten drei Morgen um sechs Uhr aufgestanden, damit sie ein Buch durchlesen könne, ein dickes Buch mit zwei Bänden in engem Druck, das an die Bibliothek zurückgegeben werden musste. Henrietta konnte sich um nichts auf der Welt etwas vorstellen, für das sie um sechs Uhr aufstehen würde. Dann wanderten ihre Gedanken wie der Blitz zu dem Morgen, an dem das Telegramm ankam, um ihr den Tod von der kleinen Madeline mitzuteilen. Die Wunde, von der sie glaubte, dass sie verheilt sei, brach von Neuem auf; für wenige Sekunden fühlte sie sich, als ob sie kaum atmen könne. Um sechs Uhr aufzustehen, hätte sie natürlich ihren Schlaf mit Freude einbüßen lassen, Nacht auf Nacht. Voll von Neid spürte sie so etwas wie Verachtung für Miss Arundel, wie ein Kind, das einem Schatten nachlief.

Auf dem Weg nach Hause verglich sie ihre Vergangenheit mit der von Miss Arundel. Miss Arundel konnte auf geschäftige, erfolgreiche, glückliche Jahre zurückblicken. Ihr Zimmer war gefüllt mit Ehrbezeugungen von alten Schülerinnen, sie schrieben ihr beständig und besuchten sie, das wusste Henrietta; sie wusste nicht, wie oft sie ihr gedankt hatten und ihr gesagt hatten, was sie ihr verdankten.

Dann war sie neidisch auf Miss Arundels Geisteskraft. Nach vierzig Jahren unaufhörlicher und erschöpfender Arbeit schien sie so frisch wie ein Schulmädchen und weitaus fähiger für das Lernen, während Henrietta nach zwanzig Jahren der Ruhe nicht nur bloß alle Eigenschaften verloren hatte, die sie als Kind besessen hatte, sondern keine von ihrem Alter und ihrer Erfahrung gewonnen hatte, die ihren Platz einnehmen konnten. Die Bewusstwerdung dieser Tatsache erschreckte und demütigte sie. Wenn ihre Kräfte bereits mit vierzig nachgelassen hatten, was sollte dann in den zwanzig Lebensjahren geschehen, von denen sie durchaus noch erwarten konnte, vor ihr zu liegen?

Sie dachte an Miss Arundels Worte: „Etta Symons ist ein Mädchen mit Möglichkeiten; es wird mich interessieren zu sehen, wie sie sich macht." Miss Arundel hatte sie längst vergessen und betrachtete Henrietta einfach als eine Teilnehmerin an den Vorlesungen, aber sie sagte zu ihrer Nichte, nachdem Henrietta zum Tee da gewesen war: „Was für eine nichtssagende Person Miss Symons ist; ich möchte sie gern durchschütteln."

Henrietta gab sich alle Mühe, in den Vorlesungen zu arbeiten, das wiederzufinden, wenn möglich, was sie verloren hatte, doch es hatte keinen Zweck. Eine Person von mehr Charakter und Entschlossenheit hätte vielleicht Erfolg gehabt, trotz der langen Jahre geistiger Trägheit, so wie vielleicht eine Person, die bereiter war, Ratschläge anzunehmen. Aber mit vierzig, meinte sie, wie ich gesagt habe, jenseits von Ratschlägen zu stehen, deshalb beachtete sie Miss Gurneys Hinweise nicht. Sie verachtete lieber ihre Nummerierungen und Klammern, obwohl sie halb neidisch auf sie war. Und wie verachtenswert diese Hilfen auch für einen echten Studenten sein mochten, waren sie offensichtlich die einzige Hoffnung für Henriettas umnebelten Geist.

Sie fing heimlich mit einem Aufsatz an, und mit viel Geistesanstrengung kam der folgende Satz zustande: „Es gibt eine Reihe gefeierter Schriftsteller im alten Griechenland und unter ihnen können wir Aristoteles bemerken, der eine Reihe gefeierter Bücher schrieb, unter denen zwei mit dem Titel ETHIK und DAS STAATSWESEN sehr angesehen sind. Er schrieb viele andere Werke, aber keines ist so angesehen wie die beiden oben genannten." Sie hatte seit dreiundzwanzig Jahren keinen Aufsatz geschrieben, und sie fühlte sich so hilflos, als ob sie versuchte, sich auf Französisch auszudrücken. Man hatte in der Schule ihre Ausätze für gut gehalten.

Während sie vor sich her stolperte, kam Miss Gurney herbei und blickte ihr über die Schulter. „Oh, Miss Symons, ich würde einen Rand lassen, wenn ich Sie wäre; ich weiß, dass Professor Amery gern einen Rand für seine Korrekturen hat, das hat er selbst gesagt. Oh, und es macht Ihnen doch nichts aus, wenn ich es Ihnen sage, aber Aristoteles hat nicht DAS STAATSWESEN geschrieben. Soll ich das einfach durchstreichen? Das war Platon. Und hier würde ich einen neuen Absatz machen; und ich finde, ich weiß nicht, ob Sie das tun, dass es das leichter macht, wenn man einige Worte unterstreicht."

„Ich bin keineswegs sicher, dass ich einen Aufsatz schreiben werde", sagte Henrietta. „Ich habe nur ein paar Notizen gemacht, um mich zu beschäftigen."

„Oh, es tut mir so leid, meine Liebe. Nun, wenn Sie daran denken, einen Aufsatz anzufertigen, müssen Sie diesen Artikel lesen, er ist so eine Hilfe, er nennt wirklich alles, was man sagen will."

„Oh, nein, ich denke gar nicht daran, das zu lesen."

„Oh, tun Sie es. Lassen Sie ihn mich hierher legen, und dann können Sie sich ihn ansehen."

„Nein, danke."

Miss Gurney ging hinaus, und Henrietta saß an ihrem Aufsatz zweieinhalb Stunden lang. Er war so schlecht, so unverständlich, dass sie wahrhaftig über ihn weinte, und als sie Miss Gurneys Schritte hörte, nahm sie ihn mit in ihr Schlafzimmer und schloss die Tür ab. Miss Gurney war umgehend hinter ihr her.

„Wie kommen Sie mit Ihrem Aufsatz voran, meine Liebe? Kann ich behilflich sein?"

Sie machte ihn schließlich fertig und gab ihn Mr Amery. Sie wusste, er war schlecht, aber sie war zu ignorant, um zu wissen, wie schlecht. Professor Amery schrieb mit der äußersten Höflichkeit älterer Gentlemen: „Ich glaube, es gibt ein oder zwei Punkte, die ich nicht ganz deutlich gemacht habe. Möchten Sie sie nach dem Unterricht mit mir besprechen?" Doch dieses Angebot war so beunruhigend, dass Henrietta ihre Vorlesungen zwei Wochen lang „schwänzte".

Es hätte mehr Möglichkeiten für sie gegeben, wenn sie nur im Geringsten ein Interesse entwickelt hätte. Sie versuchte es zur Abwechslung im nächsten Trimester mit der Französischen Revolution, mochte das aber nicht lieber als Aristoteles. Das intellektuelle Leben war in ihr vor langer Zeit tot und begraben worden. Was wirklich in der bestehenden Situation am besten zu ihr gepasst hätte, wären Stenografie und Schreibmaschineschreiben gewesen, aber in jener Zeit stand ihr keine solche Beschäftigung offen.

Sie wäre vielleicht auf unbestimmte Zeit in den Vorlesungen dahingetrottet, wenn Miss Gurney, deren großes Interesse Neuheit und Veränderung war und deren Zusammenfassungen gelehrter Bücher in der letzten Zeit weniger umfangreich geworden waren, nicht den plötzlichen Vorschlag gemacht hätte, mit einer kränklichen Nichte ins Ausland zu fahren, und anbot, dass Henrietta mitkommen sollte. Also stimmte Henrietta zu, und mit wenig Bedauern gaben sie die Unterkunft auf und verabschiedeten sich vom Lernen.

9. Kapitel

Henrietta stattete ihrem Vater einen Besuch ab, bevor sie ins Ausland aufbrachen. Das Versprechen der ersten Tage wurde vollauf erfüllt; das ganze Haus war glücklich, und Henrietta war gerührt von der Wärme ihres Willkommens. Nach der Verkommenheit der Unterkünfte war das Zuhause angenehm, und die Einladung ihres Vaters war höflich: „Henrietta, warum bleibst du nicht bei uns? Mildred", mit einem liebevollen Blick auf seine Frau, „wird nie zulassen, dass dein Zimmer benutzt wird; es ist immer bereit und wartet auf dich."

Es war eine Versuchung für Henrietta, aber sie lehnte ab, zum Teil aus Stolz, aus einem Gefühl heraus, dass sie die bestehende Behaglichkeit nicht stören sollte, aber auch weil es ihr zum Prinzip wurde, wie es das offensichtlich bei vielen Engländerinnen mittleren Alters war, dass sie immer ins Ausland reisen müsse. Dennoch wusste sie, dass Miss Gurney sie nicht unbedingt brauchte und sie aus keinem anderen Grund eingeladen hatte als aus bloßer Bequemlichkeit.

Sie fuhren ins Ausland – es sollte an die italienischen Seen gehen –, und ein Leben begann mit Herumsitzen in der Sonne, Entlanglaufen an den Promenaden, kurzen Ausfahrten, dem Schließen und Lösen von halbherzigen Freundschaften. Sie murrten reichlich mit Dritten, und doch waren sie glücklich genug, gemäß ihrem niedrigen Standard für das Glücklichsein.

Da sie für unbestimmte Zeit im Ausland waren, gab es kein Gefühl von Eile, das sie zuvor so sehr genossen hatten, aber manchmal spielten sie das italienische Spiel und hatten ausgefüllte Tage: wecken 6.45 Uhr; Kaffee 7.30 Uhr; Zug um 8.21 Uhr; Ankunft am Ziel 11.23 Uhr; zum Kaffee ins Croce d'Oro, Kirchenbesuche in Santa Maria und San Giovanni, und das Museum; *table d'hôte* Lunch, 1.30 Uhr; Fahrt zu römischen Ruinen, zurück zum Croce d'Oro zum Tee; getrennt zum Einkaufen und Treffen am Bahnhof, 5.20 Uhr für Zug um 5.30 Uhr; zurück für die besondere *table d'hôte*, die auf sie in der *salle à manger* wartete. Henrietta legte das alles mit dem Baedeker und dem Zugfahrplan am Abend vorher fest, und wenn sie Befürchtungen gehabt hatte wegen ihrer nachlassenden Fähigkeiten in Geschichte, konnte ihr Begriffsvermögen für diese Art von Tag nicht verbessert werden. Alles wurde gesehen und alles war zeitlich geplant, und die einzige Person, die vielleicht etwas zu beklagen gehabt hätte, war die kränkliche Nichte, die ihren Überraschungsausflug zu erschöpft durchlief, um den Mund aufzumachen, und die Stunden zählte, bis sie friedlich in ihr Bett gehen könnte.

Schließlich entschieden Miss Gurney und ihre Nichte, nach England zurückzukehren. Henrietta fand Amerikaner, die nach Montreux reisen wollten, und diese baten sie, sich ihnen anzuschließen. Nach Montreux kam Chamounix, und im Herbst kam Miss Gurneys Nichte wieder angereist, und sie und Henrietta blieben in Como und dann in Mentone bis April. Dann war wieder die Schweiz dran. Dann reiste Henrietta nach England für eine Reihe von Besuchen, und nachdem sie beendet waren, sehnte sie sich danach, wieder im Ausland zu sein. Sie sagte, England sei deprimierend und verursache ihr Rheumatismus und dass sie (bei bester Gesundheit und in der Blüte des Lebens) einen englischen Winter nicht ertragen könne. Die Tatsache war, dass sie sich nichts daraus machte, das Leben anderer Leute zu teilen, was von Besuchern erwartet wurde, und ihre langen Aufenthalte in Hotels nur mit sich selbst, auf die sie Rücksicht nehmen musste, hatten es weniger leicht gemacht, mit ihr zusammenzuleben. Deshalb, ohne genau zu wissen, wie, ging sie dazu über, fast ihre ganze Zeit im Ausland zu verbringen. Alle paar Jahre kam sie im Sommer zu Besuchen zurück, doch im Frühling, Herbst und Winter wanderte sie von einer billigen *pension* zur nächsten in Italien, Frankreich, Deutschland, Belgien oder der Schweiz.

Wenn sie ein halb beschäftigtes Leben als Wirtschafterin im Haus ihres Vaters geführt hatte, lernte sie nun die Kunst, durch den Tag zu kommen und absolut nichts zu tun. Als sie daran gewöhnt war, wurde der kleinste Dienst, der von ihr erbeten wurde, als Bürde gesehen. Manchmal beauftragte sie eine Verwandte, etwas für sie im Ausland zu besorgen, und dann hallte die *salle à manger* vor Klagen wider, weil sie um die Ecke gehen, einen Gegenstand auswählen und Anordnungen an den Ladenmitarbeiter geben musste, um ihn nach England zu verschicken. Die Freunde, die sie baten, Zimmer für sie in einem Hotel zu reservieren, hatten Grund, ihre Bitte zu bereuen; sie mussten es sich ständig wieder anhören.

Viele einsame Frauen erhalten großen Trost durch ihre Kirchen und spendeten ihrerseits Trost. Wo wären die Kirchen und die Armen ohne sie? Doch Henrietta blieb nie lang genug in ihren Karawansereien, um sich den Gottesdiensten eines Kaplans in der *salle à manger* anzuschließen, und sie gab es bald auf, in die Kirche zu gehen. Zuerst verbrachte sie viel Zeit damit, sich Gründe auszudenken, um ihr Gewissen ruhig zu halten, wie beispielsweise dass es in der Nacht geregnet hätte und es deshalb wieder regnen könnte, oder dass sie es nicht gutheiße, das Amen zu singen, aber später sah sie nicht ein, warum es überhaupt einen Grund geben müsse, und überließ ihr Gewissen seinen Schuldgefühlen.

Eine schlechte Gesundheit ist ein weiteres Mittel unbeschäftigter Frauen, und sie kam ihr sicherlich in den Sinn als Beschäftigung, doch sie begriff, dass das und umherzuwandern nicht miteinander verbunden werden konnte, und von den beiden zog sie das Herumwandern vor.

Ihr Hauptzeitvertreib bestand im Durchblättern von Romanen, jeglicher Romane, die zu finden waren, historische Romane der englischen Geschichte vorzugsweise. Auf diese Art wurde ihre Neigung zum Lernen befriedigt. Sie erinnerte sich nie an den Autor oder den Titel oder irgendwas von dem, was sie las, doch gleichzeitig war sie besessen von der Vorstellung, dass sie immer etwas Neues haben musste, und beschuldigte ihre Freunde oder die Bibliothek beständig, sie zu hintergehen mit Büchern, die sie schon gelesen hatte. „Wenn du dich nicht erinnern kannst, was macht das aus?", empörten sich ihre schrecklich vernünftigen Nichten dann und begriffen nicht, dass ihr alleiniges Interesse an den Romanen das Interesse eines Sammlers war, zu sehen, wie viele neue sie finden konnte.

Ein zweiter Zeitvertreib war ihre Patience, jene Verbindung, die unsere okzidentale Zivilisation zusammenhält. Sie lernte ständig neue Patiencen, vermischte sie miteinander. Das war eine weitere Quelle der Verärgerung für tüchtige Nichten. „Aber das ist nicht *Dämon*, Aunt Etta", erklärten sie dann, weil sie Patience aus Pflichtgefühl ernsthaft spielten. Sie schummelte so hartnäckig, dass kein Raum für Geschick blieb. „Ich kann nicht nachvollziehen, warum du spielst", sagten sie verärgert. Doch der Grund war vollkommen klar. Er starrte einem ins Gesicht. Während der Patience war die Uhr von zehn Minuten nach acht auf zwanzig vor zehn vorangegangen.

Henrietta schlug gelegentlich auch die Zeit mit Besichtigungen tot: keine Kirchen oder Bilder, natürlich näherte sie sich nie Meisterwerken, jetzt wo sie reichlich Freizeit hatte, sie zu sehen, sondern Ostergottesdienste, königliche Geburtstage, Prozessionen oder Blumenwettbewerbe. Da sie selten mit ihrer Routine des

Nichtstuns brach, belebten sie diese Anlässe, nicht mit freudiger Erwartung, sondern mit Nervenflattern, dass sie irgendwie vielleicht etwas versäumen könnte, und der Concierge, der Portier, Madame und der Oberkellner flogen alle eine halbe Stunde, bevor es für sie notwendig war aufzubrechen, im Hotel herum, geschickt auf vollkommen nutzlose Botengänge, die mit ihrem Ausflug zusammenhingen. Wenn es regnete, wenn etwas schiefging, wie sie dann meckerte. Und wenn sie dann ihre Vorstellung sah, schenkte sie ihr sehr wenig Vergnügen. Sie besaß nicht im Geringsten ein kindliches Gemüt; sie freute sich nicht über kleine Ereignisse, dennoch lechzte sie verzweifelt nach ihnen mit einer absurden, nebligen Vorstellung, dass sie ihrer Rechte beraubt wurde, wenn sie sie nicht sah.

Ein weiteres Interesse war eine riesige Fotografiensammlung von Orten, aus denen sie sich zu jener Zeit nichts gemacht hatte und an die sie sich überhaupt nicht erinnern konnte; ein anderes ihr Adressbuch mit Pensionen und Hotels, denen sie immer neue Einträge hinzufügte; vor allem aber das Herummurren. Lieblingsthemen waren ihr Wasserkessel und ihr Brennspiritus, ob das Hotel ihr gestattete, Milch und Zucker vom Frühstück mitzunehmen, ob das Zimmermädchen die Kekse entwendete, die sie vom Nachtisch am Abend mitgebracht hatte. Jeder, der mit Miss Symons in Kontakt kam, sah sich dazu veranlasst, endlose Geschichten über eine gewisse Elise anzuhören, die die Kekse gestohlen hatte und

91

andere austauschte, die gute vier Tage alt waren, und über Elises unverschämtes Verhalten, als sie mit den Vorwürfen konfrontiert wurde.

Ihr Standard für Bequemlichkeit in einem Hotel war so unmöglich, dass sie zur Verkörperung des Schreckens und der Ablehnung für Kellner und Zimmermädchen wurde. Sie war pünktlich in der Bezahlung, aber sehr habgierig und erzwang viele Zugeständnisse von den Hotels mit einer Hartnäckigkeit, die kein Mann und wenige Frauen den Mut gehabt hätten zu zeigen. Sie suchte beständig das ideale Hotel, und aus diesem Grund war sie immer unterwegs und war nie lang genug an einem Ort, um Wurzeln zu schlagen und ein Gefühl des Zuhauses zu bekommen. Dieses Leben zersetzte ihren Charakter. Sie wurde launischer und nörgelnder, immer gerüstet, Anmaßungen auf- zuspüren, und in dem Glauben, dass man sie übervorteilte. Sie war kein Charakter, der von sich aus Gutes tat, und unter einer dominanten Art verbarg sie ihre Schwäche, ihre Unentschlossenheit und ihre Schüchternheit. Sie war gänzlich ohne jede Pflicht, jede Verantwortung, jede natürliche Verbindung, ohne Ventil für ihre Interessen oder ihr Wohlwollen. Es schien unbegreiflich, dass sie bereitwillig eine solche Existenz geführt haben sollte. Sie war jedoch weitaus zufriedener mit sich selbst und den Dingen im Allgemeinen, als sie es bislang gewesen war. Sie hatte keine stürmischen Reueanfälle und Ausbrüche gegen ihr Los; sie begehrte nicht länger, was unerreichbar war. Wenn sie keinen besonders hohen Standard hätte für

Glück oder Charakter, hatte es, nach ihrer Ansicht, auch der Rest der Welt nicht. Nicht dass sie viel über diese Dinge nachdachte. Übermäßiges Nachdenken und übermäßiges Sehnen hatten ihr früher viel Verdruss bereitet, und sie schrak davor zurück, all jene Wunden wieder zu öffnen. Sie stellte sich den Tatsachen, so wenig sie konnte. Sie lebte von Tag zu Tag, und ihr inneres Selbst war wirklich genau so, wie ihr äußeres Selbst erschien, vereinnahmt von der sehr kleinen Menge an Ereignissen, die sie betraf. Die Tage vergingen, die Monate vergingen, die Jahre vergingen. Sie sah sie ohne Bedauern gehen, und als sie vorbei waren, erinnerte sie sich nicht an sie. Nichts war in ihnen vorgefallen, schlecht oder gut, um ihren Verlauf zu markieren.

„Welch ein Meisterwerk ist der Mensch! Wie edel durch Vernunft! Wie unbegrenzt an Fähigkeiten! In Gestalt und Bewegung wie bedeutend und wunderwürdig! Im Handeln wie ähnlich einem Engel! Im Begreifen wie ähnlich einem Gott! Die Zierde der Welt! Das Vorbild der Lebendigen!"[*]

---

[*] William Shakespeare, *Hamlet*, 2. Akt, 2. Szene. Übersetzung von August Wilhelm von Schlegel (A. d. Ü.).

10. Kapitel

Es ist dargestellt worden, dass Henrietta nicht viel Macht besaß, um Zuneigung auf sich zu ziehen, und sie hatte längst aufgehört, sich danach zu sehnen. Sie geriet jetzt mit einer Reihe verschiedener Menschen in Kontakt, und als Reisebekanntschaften mochte sie sie, doch wenn sie sich trennten, wollte sie sie nicht wiedersehen.

Es gab jedoch eine Ausnahme von dieser Regel. Henrietta hatte viele Leidensgenossen gefunden, exiliert von Gesundheit und Vergnügen oder durch Armut. Ein intelligenter Ausländer hatte sich erkundigt, ob es noch alleinstehende Damen in England gebe, so zahlreich seien die Gastgeber im Ausland. Einige, wie sie, hatten ihre Persönlichkeiten derart abgenutzt, dass es wahrscheinlich erschien, sie würden schließlich Schatten werden, in denen kein Charakter verblieb; andere waren nett und heiter und bildeten kleine Lager in der Wildnis, sodass die Unglücklichen sich um sie versammeln könnten und beinahe glauben würden, sie hätten ein Zuhause.

Es war in einem Zimmer von einer netten Dame, wo Henrietta den Colonel kennenlernte. Es gab weniger untätige Engländer im Ausland, aber es gab ein ansprechendes Angebot – Halbsoldoffiziere, Schwindsüchtige und geheimnisvolle Kreaturen, die keinen angemessenen Grund hatten, dort zu sein. Sie waren eine merkwürdige Mischung zum Anfreunden für Henrietta, Leute, die sie in ihren glorreichen Tagen als Herrin im Haus ihres Vaters als unbeschreiblich betrachtet hätte. Sie besaß nichts von der Toleranz und Liebe der jetzigen Generation für neue Erfahrungen, um sich zu unzulänglichen Menschen hingezogen zu fühlen. Sie mochte wirklich nur die konventionelle Ehrenhaftigkeit.

Dieser Colonel war nicht ehrenhaft. Er war kein Colonel in der englischen Armee und sprach nie viel über sich selbst. Er war sehr freundlich und höflich, und Henrietta fand, dass sie, als sie zur Table d'hôte zurückging, einen lebhafteren Nachmittag verlebt hatte als gewöhnlich. Es war zu Beginn der Saison, und als sie sechs Wochen später zurückblickte, war sie erstaunt, wie häufig sie sich getroffen hatten.

Kurz danach lud die Dame, in deren Zimmer Henrietta ihn zum ersten Mal gesehen hatte, sie zum Tee ein. Sie schien nicht so gelassen zu sein wie sonst und begann schließlich: „Wissen Sie, Miss Symons, mein Cousin, Colonel Hilton, ist ein ziemlich eigenartiger Mann. Ich kenne ihn mein Leben lang, und ich glaube nicht, dass er gefährlich sein kann, aber Geld ist seine Schwierigkeit. Er müsste vermögend sein, aber es scheint ihm immer durch die Finger zu gleiten."

Henrietta begriff, dass das eine Warnung war.

Am Ende der Saison machte er einen Antrag und sie nahm ihn an. Sie wusste, dass er wegen ihres Geldes einen Antrag machte, und sie wusste, dass er, außer berechnend, in jeder Weise eine arme Kreatur war. Die meisten Menschen hätten seine Gesellschaft nicht lange ertragen, aber sie, an

Gesellschaft nicht gewöhnt, fand, dass er ihr reichte. Sie dachte nicht viel über die Zukunft nach. Wenn sie es tat, war ihr bewusst, dass es kaum möglich war, dass sie heiraten könnten. Doch in der Zwischenzeit war es etwas – sie hätte sich geschämt einzugestehen, wie viel –, jemanden zu haben, der sie „Liebe" nannte. Einmal gelangte er bis „Liebste", aber er war offensichtlich entsetzt über seine Kühnheit und wiederholte das Experiment nicht.

Sie verkündete die Verlobung, und ein Brief von Minna kam von der Riviera geflogen, der sagte, dass alle möglichen schrecklichen Dinge über den Colonel bekannt seien, und Henrietta anflehte, davon Abstand zu nehmen. Sie nahm keinen Abstand, doch sehr bald tat es der Colonel, nachdem er entdeckt hatte, dass ihr Vermögen nicht so groß war, wie man ihn hatte vermuten lassen. Es gab schon Beträchtliches, aber für Henrietta, ganz im mittleren Alter und entschieden mürrisch (sie glaubte, nie mürrisch zu ihm zu sein), meinte er schon, etwas sehr Beträchtliches haben zu müssen. Er schrieb einen Brief, in dem er die Verlobung löste, und verließ die Riviera abrupt, nachdem er etwas Gutes aus seiner Saison gemacht hatte. Henrietta hatte ihm über dreihundert Pfund geliehen – andere sagten *geschenkt.*

„Und jetzt werden wir ein fürchterliches Stück Arbeit haben", sagte Minna zu Louie. „Du weißt, wie Henrietta immer ist – wie sie vor Jahren war wegen dieser Affäre mit einem Mann, und ebenso, als Evelyns kleines Mädchen starb. Sie wird ganz erregt und überspannt werden."

Doch Henrietta brachte ihre Erwartungen gänzlich durcheinander. Dies, was die meisten Menschen als schlimmstes Unglück betrachtet haben könnten, das sie ereilt hatte, berührte sie sehr wenig. In ihrem innersten Herzen sagte sie sich: „Nun, alles in allem hatte ich meinen Antrag wie alle anderen bekommen." Sie war auch für die Anreden mit „Liebe" dankbar. Sie begriff nicht, dass absolut nichts dahinter gewesen war. Sie beantwortete die prompte Bitte des Colonels um mehr Geld und fuhr fort, ihm gelegentlich Nachschub zu senden.

Evelyn und Herbert waren nach England zurückgekehrt und hatten sich an der Südküste niedergelassen. Zwei Jungen waren in Kanada geboren worden und waren groß geworden und gediehen. Henrietta besuchte Evelyn für zwei Wochen, wann immer sie zurück in England war, doch irgendwie waren die Besuche nicht das Vergnügen, das sie hätten sein sollen.

Evelyn war immer noch zerbrechlich, und Herbert hatte Henrietta gebeten, keine Anspielung auf ihren Verlust zu machen, wenn sie sie sah. Evelyn war begeistert davon, ihre Jungen zu zeigen, und Henrietta freute sich für sie, dass sie sie hatte, doch für sie nahmen sie keineswegs den Platz der Verstorbenen ein. Sie gehörten nicht ihr; sie war beinahe empört über Evelyn, dass sie sich so um sie kümmerte, und warf ihr im Stillen Vergesslichkeit vor. Das machte sie reizbar, was Herbert verärgerte, und dann war Evelyn nervös, weil Herbert und Henrietta nicht gut miteinander auskamen. Evelyns Briefe an sie waren sehr liebevoll, die einzige wirkliche Freude, in einem vernünftigen Sinne des Wortes, in Henriettas Leben.

Manchmal reisten Evelyn und ihr Mann und die Jungen zu Henrietta. Die Besuche waren keine Anlässe von viel Vergnügen, und ein bestimmter Tag verblieb jahrelang als leichter Albtraum in Evelyns Erinnerung. Im Frühling waren sie alle einmal in Mailand, als der Besitzer des Hotels ankündigte, dass seine Cousine, die in einer abgelegenen kleinen Provinzstadt lebte, von ihrem Freund, Pfarrer im selben kleinen Städtchen, gehört hatte, dass es am Dienstag eine besondere Festlichkeit in Verbindung mit einem Heiligen aus dem Ort geben sollte. Würden die englischen Damen und Herren gern hinfahren? Der Besitzer selbst besaß die Verachtung eines aufgeklärten Mannes gegenüber Heiligen und Festlichkeiten, aber er kannte die kuriose Anziehung, die solch ein kindliches Verhalten für englische Touristen hatte.

Alles wurde arrangiert. Die Eisenbahngesellschaft hatte nie die Absicht gehabt, dass die kleine Stadt von Mailand aus erreicht werden konnte, doch mit einem frühen Aufbruch und vielem Umsteigen war es möglich, die Reise in zweieinhalb Stunden zu schaffen.

Sie kamen an. Über ihr Erscheinen gab es unter den Hotelstellwagen keine Überraschung, denn die Italiener haben erkannt, dass Engländer überall auftauchen; doch heute waren sie gewiss die einzigen Repräsentanten ihrer Nation.

Sie erreichten die Kirche, wo das Fest stattfinden sollte. Sie schlief friedlich, umbrütet von einem köstlichen süßen Geruch aus Schmutz und abgestandenem Weihrauch. Nicht eine Seele war zu sehen. Aber als die Gesellschaft empört durch das Kirchenschiff hin und her marschierte, gesellte sich ein weiterer Geruch zum Weihrauch – Knoblauch. Ein fröhlicher, gut gelaunter kleiner Priester tauchte auf; der Freund der Cousine.

Er konnte kein Englisch, außer „Yis, Yis"; sie wenig Italienisch außer dem Notwendigsten für Reisen: „Troppo, bello, antiquo." Bei dem Wort „festa" schüttelte er den Kopf sehr traurig und sagte, „Domani" so oft, dass sie, mithilfe von Henriettas kleinem Wörterbuch, herausfanden, es müsse „morgen" heißen. Sie waren am falschen Tag gekommen. Er war sehr bekümmert darüber. Um die Enttäuschung, wenn möglich, wiedergutzumachen, zeigte er ihnen die ganze Kirche und die Sakristei; er ließ nicht eine einzige Erinnerungstafel aus, nicht ein einziges schwindendes Fresko, und da er den Geschmack der Engländer kannte, sagte er bei jedem neuen Gegenstand, der gezeigt wurde: „Molto, *molto antiquo*."

Er wurde von Evelyns bezaubernder reifen Schönheit und ihrer lieblichen englischen Stimme so sehr angezogen, dass er, nachdem Santa Barbara ausgeschöpft war, es nicht lassen konnte, ihnen zu zeigen, was ihm viel wichtiger war: seine eigene kleine brandneue Missionskirche, mit ihren farbigen rosawangigen Abbildungen und künstlichen Kränzen. Die Jungen, fünfzehn und siebzehn, hatten von Kirchen genug gehabt nach zwei Tagen Mailand, und Evelyn konnte aus Herberts pflichtbewusstem stampfendem Schritt heraushören, dass er die Kirche eingehend betrachtete, weil ein Soldat immer seine Pflicht tun musste.

Schließlich war es vorbei, sie kamen in den Sonnenschein hinaus, und die große Stadtuhr schlug ein Viertel vor elf. Ihr Zug nach Hause fuhr um 5.30 Uhr. Die beiden Kirchen hatten nur eineinviertel Stunden verbraucht.

„Nun, Liebste", sagte Herbert streng, „ich wage zu sagen, dass du und Etta eine kleine Pause brauchen könnt. Ich denke, ich und die Jungen werden in der Landschaft herumwandern; und wartet nicht mit dem Lunch auf uns. Ich möchte meinen, wir können etwas in einer dieser kleinen Weinschenken bekommen, die man unterwegs sieht."

Es gelang ihnen, einen Satz für den Priester zu formulieren, der nickend bei ihnen stand: „Gibt es in der Nähe hübsche Wanderwege?"

Freundlich lächelnd wies er auf eine Antwort, die das Wörterbuch übersetzte: „Die Landschaft bietet ein grandioses Panorama."

Evelyn gab dem Priester eine Spende für seine Missionskirche. Er war überwältigt vor Überraschung und Freude über diese gute Tat vonseiten eines Häretikers, es trug zu seiner Freude bei, dass sie eine so schöne Häretikerin war, und als sie, während sie sich verabschiedeten, wünschte, dass sie sich vielleicht wiedersehen, antwortete er, sein Gesicht voller Lächeln: „Ich hoffe, vielleicht im Paradies"; er konnte nicht mit absoluter Gewissheit sprechen. Etwas in der Art, wie er es sagte, brachte Tränen in Evelyns Augen, und Henrietta, die dabeistand und zuhörte, dachte etwas neidisch, dass keiner der vielen Priester oder Pastoren, auch wenige der Laienprediger, denen sie auf ihren Wanderschaften begegnet war, jemals gehofft hatte, *sie* wiederzusehen, weder im Himmel noch auf Erden. Nach vielen herzlichen Verbeugungen verabschiedete er sich.

Die Schwestern waren kaum eine halbe Stunde dabei, Postkarten zu kaufen (es gab nichts anderes, was man machen konnte, deshalb hatten sie mehr Postkarten gekauft, als möglich schien), als es zu regnen anfing – nicht sanfter englischer Regen, sondern die heftigen Ströme Italiens, die für den Rest des Tages frei gelassen wurden. Herbert und die Jungen, die irgendwie das grandiose Panorama übersehen hatten, kamen zurück. Es war, tatsächlich gänzlich aus Höflichkeit, von dem Priester erfunden worden.

Nach dem Lunch, den sie so lang wie möglich ausdehnten, blieb nur noch der Salon, ein kleiner Raum, dessen Fenster durch die Veranda draußen verdunkelt wurde. Madame brachte die *Tribuna* vom Vortag, und sie fanden einen bebilderten Katalog mit Hotels in Dresden. Oh, diese dreieinhalb Stunden! Die Jungen und Herbert hätten sich damit zufriedengegeben, mit hoch gezogenen Schultern dazusitzen, während sie auf ihre Stiefel starrten und jede Viertelstunde zur Eingangstür gingen, um zu sehen, ob es dort so stark regnete wie draußen am Salonfenster; Evelyn wollte nur in Ruhe gelassen werden mit ihren Kopfschmerzen. Doch Henrietta zog die Jungen auf. Was immer sie taten oder was immer sie nicht taten, schien Anlass für Kritik zu geben. Evelyn verfiel, um die Aufmerksamkeit abzulenken, in lange Erinnerungen an die Tage in Willstead. Henrietta bekämpfte jede Äußerung mit einer Art Spott, als ob alles, was Evelyn sagte, zwangsläufig wertlos sei. Evelyn sah, wie Herbert, der sie immer behandelte, als sei sie eine wunderbare Königin, düstere Blicke auf Henrietta warf. Schließlich brach sein Zorn hervor: „Ich weiß nicht, warum es für Sie unmöglich scheint, zu Evelyn mit der üblichen Höflichkeit zu sprechen, Henrietta.“

„Mein lieber Junge“, sagte Evelyn, während sie ging und Herbert die Schulter tätschelte, „Etty und ich machen uns nichts aus üblicher Höflichkeit. Wir mögen es, unsere kleinen Streitigkeiten zu haben. Schwestern machen sich nicht die Mühe, so höflich zu sein, wie es Männer zueinander sind; das Leben wäre eine viel zu große Anstrengung.“ Sie drückte Henriettas Hand, als sie zurück zu ihrem Platz ging, aber danach redete Henrietta kaum noch, und die Erinnerungen wurden ein Monolog von Evelyn.

Dann, endlich, kam der Zug, und Henrietta vergaß ihre Enttäuschung im Schlaf. Der glückliche

Tag, auf den sie sich gefreut und den sie geplant und bezahlt hatte, war vorüber.

Louie und ihrem Colonel ging es nicht besser, als die Jahre vergingen. Geld schien nie bei ihnen zu bleiben. Henrietta half ihnen, lange nachdem jeder andere es leid war. Sie erwartete keine Dankbarkeit, noch bekam sie sie. Trotz ihrer Abhängigkeit gelang es Louie, den Eindruck zu vermitteln, dass Henrietta unterlegen sei, und die Kinder sprachen von ihr als Fass.

„Oh, das ist das Jahr mit Aunt Etty; es ist wirklich eine Schinderei zu wissen, dass sie drei Wochen bei uns sein wird. Ethel, du bist an der Reihe, sie ins Schlepptau zu nehmen; ich hatte sie das ganze letzte Mal."

„Arme Etty!", sagte Minna, „sie ist solch eine unendliche Plaudertante, das quält Arthur so. Sie meint es nur gut; das wissen wir alle."

Minnas Kinder kamen ganz nach dem 20. Jahrhundert und würden sich nicht mit einer langweiligen alten Tante abgeben, nur weil sie ihre Tante war und nett zu ihnen gewesen ist. Wie es einer von ihnen ausdrückte: „Verausgabe dich nie für einen Verwandten, wie weitläufig er auch sein mag. Das ist ein Grundsatz."

So wenig die junge Generation auch an sie dachte, hielt Henrietta doch etwas von ihr, und die zweite Woche im Dezember, als sie die Weihnachtsgeschenke für all ihre Nichten und Neffen auswählte, war für sie die angenehmste des Jahres.

11. Kapitel

Henrietta war vierzehn Jahre im Ausland gewesen, als sie ihren zweijährlichen Besuch bei Evelyn abstattete.

„Wer, glaubst du, ist hierhergezogen, Henrietta!", sagte Evelyn, als sie am ersten Abend zusammensaßen. „Ellen."

„Ellen?"

„Ja, unsere liebe alte Ellen – Mrs Plumtree. Sie ist jetzt Witwe. Ihr ältester Sohn arbeitet hier, und sie lebt bei ihm und seiner Frau. Ich habe sie letzte Woche besucht, und sie war so erfreut, über alte Zeiten zu sprechen, und als sie hörte, dass du kommst, war sie so aufgeregt. Du warst immer ihr Liebling."

Ein paar Tage später gingen sie hin und erlebten Ellen als sehr rüstige alte Dame. Obwohl sie selbst eine große Familie aufgezogen hatte, besaß sie die klarste Erinnerung an offensichtlich jeden Vorfall in der Kindheit von „den beiden jungen Damen" (so nannte sie sie immer noch), als ob sie nie ein anderes Interesse in ihrem Leben gehabt hätte.

„Oh, und Miss Etta", sagte sie, „für was für einen Anblick Sie Miss Evie hielten! Ich habe nie erlebt, dass ein Kind sich einem anderen so zuneigt. ‚Sie ist eine richtige kleine Mutter', habe ich oft zu Sarah gesagt. Erinnern Sie sich an Sarah? Sie ist erst letztes Jahr gestorben; sie litt schlimm unter ihren Herzbeschwerden. Erinnern Sie sich, wie Sie immer ihre Hand in das Wasser hielten, bevor ich Miss Evie gebadet habe, weil Sie sicher sein wollten, dass es nicht zu heiß war? Jeden Abend haben Sie es gemacht; und einmal waren Sie bis spät aus, und Miss Evie war im Bett, bevor Sie zurückkamen, und Sie weinten, weil Sie nicht in der Lage gewesen waren, es zu tun."

Keine der Schwestern fand es leicht zu sprechen, aber Ellen brauchte wenig Ermunterung.

„Manchmal, als besondere Belohnung, als Sie etwas älter waren, Miss Evie, habe ich Sie in Miss Ettys Bett schlafen lassen, und sie legte Sie immer so nett hin und nahm Sie in den Arm. Und der Kanarienvogel, Miss Etta – erinnern Sie sich daran? Als Miss Evies Kleiner starb, sind Sie den ganzen Weg nach Willstead allein gegangen und haben einen neuen Kanarienvogel gekauft, damit sie niemals erfahren müsste, dass ihr Kleiner gestorben war. Ihre Mutter war sehr böse mit Ihnen, erinnere ich; aber es gab nichts, was Sie nicht für Miss Evie taten."

Die Schwestern gingen schweigend zurück; ihre Herzen waren zu voll, um sprechen zu können. Es gab keine Zeit für private Konversation bis zum Abend, als Evelyn in Henriettas Zimmer kam und ihre Arme um sie warf.

„Süße, süße Etta", sagte sie. „Ich habe es kaum ertragen, als Ellen erzählte. Daran zu denken, was du alles für mich warst, was du alles für mich getan hast, und dass ich es vergessen konnte. Oh, wie konnte es sein, dass wir auseinandergegangen sind?"

„Ich weiß es nicht", sagte Henrietta. „Ich glaube nicht, dass es viel an mir gibt, was man gern haben kann. Niemand macht sich etwas aus mir. Ich glaube, wenn niemand einen mag, verdient man es nicht, gemocht zu werden."

„Oh, nichts in diesem Leben bleibt ohne Verdienst."

„Die Menschen lieben dich, und sie haben ganz recht; du solltest geliebt werden. Aber ich war dir einmal wichtig. Herbert schrieb – weißt du, als wir …verloren – ‚Sich tüchtig mit Ihnen auszuweinen, wird Evelyn mehr als alles andere trösten.' Selbst damals, mitten in all dem, hat es mich glücklich gemacht."

„Oh, Etta, was du mir damals bedeutet hast!"

Henrietta nahm Evelyns Hand und presste sie krampfartig. Als sie sprechen konnte, sagte sie: „Evelyn, denkst du jemals an unsere Kinder?"

„An sie denken – natürlich tu ich das. Tust du es, Etta?"

„Ich habe es mal, aber ich habe versucht, es nicht zu tun – es war zu bitter. Die Kinder waren das, wofür ich gelebt habe, und ich denke jetzt nicht häufig an sie. Es ist aus und vorbei."

„Oh, ich könnte nicht leben, wenn ich es nicht täte. Ich denke nicht, dass es jetzt bitter ist. Diese lieben Jungen, sie sind nicht ganz dasselbe für mich wie die, die mir genommen wurden."

„Ich dachte, du hast sie vergessen."

„Ich dachte, du hättest es, Etta, und ich musste es einfach denken."

„Herbert bat mich, nie wieder über sie mit dir zu sprechen."

„Der liebe Herbert, er ist so gut – ich kann dir gar nicht sagen, wie gut er zu mir ist –, aber er wird sie nie erwähnen. Zunächst einmal war ich so krank, ich konnte es nicht ertragen, über sie zu sprechen, aber nun kann ich es, und ich sehne mich danach. Er vergisst sie nicht, das weiß ich, aber ich denke, dass Männer mehr in der Gegenwart leben als wir; und er hat seine Arbeit, die ihn sehr vereinnahmt, und es ist nicht ganz dasselbe für einen Mann. Und sie waren ja auch sehr zart, besonders Madeline, dass ich, solange sie lebten, vollkommen mit ihnen beschäftigt war; und sie waren so klein, er konnte nicht viel von ihnen sehen."

„Meinst du, dass du mir von ihnen erzählen könntest?"

„Ja, das würde ich gern."

Sie unterhielten sich bis spät in die Nacht hinein. Herbert war fort, sodass es niemanden gab, der sie unterbrechen konnte, und als die Dämmerung sie schließlich ins Bett trieb, sagte Evelyn: „Ich kann dir nicht sagen, wie viel Gutes du mir getan hast. Ich scheine dafür die letzten fünfzehn Jahre gelebt zu haben."

Keine der beiden schlief in der Nacht. Beide waren voller Gewissensbisse, doch die von Henrietta waren die bittersten. Das Leben, das all die Jahre auszureichen schien, erschien ihr nun, wie es war. Sie stellte ihr gegenwärtiges Ich dem kleinen Mädchen, das Ellen gekannt hatte, gegenüber. Wie Jane Eyre zeichnete sie „ihr eigenes Bild aufrichtig, ohne einen Mangel zu mildern. Sie ließ keine harte

Linie aus, glättete keine unerfreulichen Unregelmäßigkeiten weg." Sie hatte am selben Nachmittag herumgezankt, soweit es möglich ist herumzuzanken, wenn nur eine der Parteien das Zanken übernimmt, auf dem ganzen Weg zu Ellen über die diversen recht unbedeutenden Verabredungen in Williams Leben. Das Vorkommnis war beinahe so sehr ein Teil ihrer Tagesroutine wie zu frühstücken. Jetzt schien es ihr eine Manifestation des Verfalls, in den sie gesunken war.

Die Kraft und Lebendigkeit ihres Gedächtnisses, um das Zehnfache vergrößert durch die geheimnisvolle Einwirkung der Mitternacht, brachten die Worte der Empfehlung von Emily Mence, von Minna und von ihrer Tante zurück, gerade so, als wären sie eine Woche zuvor gesagt worden. Sie hatte sie seit Jahren vollkommen vergessen. Jetzt gingen sie ihr stündlich durch den Kopf.

Vor dem Frühstück kam Evelyn in ihr Zimmer, ihre Augen schimmernd vor Erregung, und sie sah so erhitzt aus, dass Henrietta erkannte, wie notwendig Herberts Vorsicht gewesen war.

„Etty", sagte sie. „Ich habe die ganze Nacht nachgedacht; ich kann es nicht ertragen, dass du in dieser scheußlichen Weise lebst: kein Zuhause, allein unterwegs, dass wir nichts von dir sehen. Komm und lebe hier, lebe bei uns. Wir werden dir nicht im Weg stehen; du sollst kommen und gehen, wie du willst. Oder leb' im Dorf; es gibt ein hübsches kleines Haus, das wie für dich gemacht ist. Nur komm und sei bei uns."

Henrietta war äußerst versucht, es war ein großes Opfer, nein zu sagen. Aber sie wusste, dass Herbert sie nur um Evelyns willen tolerierte und dass die Jungen, recht verwöhnt und wichtigtuerisch, sie für eine Nervensäge hielten. Sie wusste auch, dass sie sich selbst nicht trauen konnte, freundlich und gut gelaunt zu sein. Wenn sie käme, wäre es nicht zu Evelyns Glück. Deshalb lehnte sie ab, und sogar in ihrer inbrünstigen Liebe zu Henrietta musste Evelyn erkennen, dass es das Beste war, dass sie es tat.

Zugleich war das Gespräch ein Wendepunkt in Henriettas Leben. Danach meinte sie nie mehr, dass sie vollkommen unerwünscht sei. Obwohl sie nicht bei Evelyn leben würde, dachte sie, dass sie berechtigterweise kommen und ihr näher sein könnte, und sie gab das Vagabundenleben auf und kehrte nach England zurück. Es hatte sie tatsächlich befriedigt, allein weil sie sich so unerwünscht gefühlt hatte, dass sie sogar für sich selbst unbedeutend geworden war.

Wo sollte sie leben? Sie wusste, dass jeder Ort, an dem sie Verwandte hatte, nicht passen würde, aber das grenzte nur vier der Städte im Vereinigten Königreich aus. Es musste eine Stadt sein; über den Punkt war sie sich klar. Da sie sich aus keinem der besonderen Vorzüge einer Stadt etwas machte, ihr lebendigeres Gesellschaftsleben, ihre größeren Möglichkeiten für Unterhaltung und intellektuelle Interessen, war sie besonders hartnäckig darin, dass sie ohne sie nicht auskommen könne. Was sie wollte, war ein Haus mit Platz für sich selbst, zwei

Dienstmädchen und ein paar Besucher. Solch ein Haus gab es hundertfach überall. Sie reiste in England herum auf einer erfolglosen Suche.

Als eine *pension habituée* war ihr die ganze Lebensplanung aus der Hand genommen worden; sogar ihre Kleidung war für sie von einer dieser niederlassungsreichen Londoner Firmen festgelegt worden, die ihre Kunden gern zu Puppen reduzierten; und ihr Übergang von Hotel zu Hotel und von Besuchen in England zurück in Hotels war zu einem bloßen automatischen Prozess geworden. Sie hatte seit derart vielen Jahren keine Entscheidung mehr getroffen, dass, obwohl sich ihre Nichten und Neffen über ihre Unentschlossenheit lustig machten und erklärten, dass sie es genieße, eine Nervensäge zu sein, es eine Tatsache war, dass sie ihr Bestes tat, um feinfühlig und kompetent zu sein. Sie musste, ohne Vermittler, ohne Beschützer, entscheiden, was das Wichtigste wäre – Kieserde oder südlicher Ausblick. Sie fühlte sich, wie sie sich Jahre zuvor gefühlt hatte, als sie ihren Aufsatz für Professor Amery geschrieben hatte, nur zehnmal verwirrter, beinahe wahnsinnig.

Selbstverständlich sprachen ihre Nichten ständig über sie, schüttelten die Köpfe und sagten: „Wenn uns Aunt Etta nur ließe." Aber so schwach sie auch war, dabei blieb sie fest: Sie würde sich *nicht* helfen lassen. Das äußere Anzeichen ihrer Verunsicherung war extrem schlechte Laune, vor allem gegenüber Evelyn, der gestattet wurde, sie auf ihrer Suche zu begleiten und sich ihre Bemerkungen anzuhören, ohne Vorschläge zu machen. „Ich wäre dir dankbar, wenn du mich selbst über mein Haus entscheiden ließest." Sie hatten sich neun Häuser angesehen an dem Tag und waren beide vor Erschöpfung den Tränen nahe.

Evelyn musste sich einfach verzweifelt fühlen, aber als Etta kurz darauf aus reiner Nervosität stolperte und Evelyn ihre Hand ergriff, erkannte sie durch ihren heißen zitternden Griff, wie schwer es war, wieder ins Leben zurückzukommen.

Henrietta hätte wahrscheinlich nie den richtigen Flecken gefunden, wenn nicht ein rechtzeitiger Anfall von Rheumatismus sie dazu überredet hätte, sich auf Bath festzulegen. Als sie sich in ihrem Haus schließlich eingerichtet hatte, hasste sie es. Sie entließ fünf Angestellte in zwei Monaten. Sie war so langweilig, dass niemand sie besuchte; Bath war so kalt. Wenn sie doch nur ihr Haus vermieten und für den Winter ins Ausland gehen könnte. Glücklicherweise tauchte kein passender Mieter auf, und allmählich wurde Bath zur Gewohnheit, und sie resignierte. Doch es dauerte lange, sehr lange, bis sie eingestand, dass es ihr gefiel.

12. Kapitel

Und nun begann ein glücklicherer und nützlicherer Lebensabschnitt. Henrietta hatte gerade genug Rheumatismus, um manchmal eine Wasseranwendung zu nehmen. Sie fand einen Doktor, der ein großes *Gespür* für ältere Damen besaß; er wusste, wann er sie quälen, wann er ihnen schmeicheln und wann er sie vernachlässigen musste. Er und die Wasseranwendungen bildeten ein Zentrum, um das sich der Rest ihrer Interessen ausrichten könnte. Kirche. Sie fand einen Pfarrer, der nichts von Mr Whartons Enthusiasmus und hochtrabenden Zielsetzungen hatte, aber eine größere Erkenntnis über die Fähigkeiten der Menschen besaß. Auch er hatte die älteren Damen studiert, die stets ein so bedeutender Zweig der Gemeinde sind. Er konnte sehen, dass das, was Miss Symons in seinem Salon war, anrührend, inkompetent und schnippisch, sie bei jeder Arbeit in der Gemeinde, die sie machen würde, wäre. Doch er war auch in der Lage, ihre extreme Großzügigkeit zu sehen, der sie sich selbst überhaupt nicht bewusst war. Er mochte ihre Bescheidenheit und war berührt von ihr. „Oh, machen Sie sich nicht die Mühe, mich zu bitten, Mr Vaughan, niemand wird sich mit einer langweiligen Person wie mir unterhalten. Holen Sie sich ein paar nette junge Männer für die Mädchen, wenn Sie können." „Nein, ich kann es nicht zulassen, dass mir die hübsche Miss Alan bei meinem Stand hilft, ich kann sehr gut allein zurechtkommen. Ich werde

Annie mitbringen; wir können es zusammen schaffen.“

Die armen Leute mochten sie natürlich nicht, denn als sie älter wurde, war sie überzeugter denn je davon, dass die unteren Klassen beständig getadelt werden müssten. Aber arme Menschen sind sehr großzügig, und sie waren sich ganz vieler Geschenke sicher. Sie nörgelte auch fortwährend an ihren Dienstboten herum, aber die „arme alte Dame“, wie sie sagten, „wird langsam alt, das macht ihr Sorgen“, und in Annie fand sie jemanden, der zumindest ebenso gut geben wie nehmen konnte. Der Abscheu, von Dienstboten und Kaufleuten betrogen zu werden, war ein großartiger Quell, und obwohl sie ständig die Freuden des Lebens im Ausland beklagte, waren diese Jahre des Herumwirtschaftens im Haus und draußen, in ihrem Garten und in den Geschäften vermutlich die glücklichsten in ihrem Leben.

Ein bestimmtes Gespräch trug nicht eben wenig zu diesem Glück bei. Sie war auf einer Teegesellschaft, denn als sie erst einmal Zugang zum Kreis der Teegesellschaften erhalten hatte, wurde sie von ihnen sehr vereinnahmt, und sie und eine Nachbarin verfolgten gerade einen Anfall von Influenza von seinem Ursprung bis zu seinem Abklingen zurück, als Henriettas Gastgeberin zu ihr kam.

„Ich möchte Sie mit Mrs Manson bekannt machen“, sagte sie. „Mrs Manson ist eine Cousine von jenem Mr Dockerell, von dem Sie mir sagten, dass Sie ihn kennen, Miss Symons.“

113

Es hatte keine Gefühlsregung in Henriettas Erzählung gegeben, sie hatte Mr Dockerell als Autorität für den portugiesischen Lorbeerkirschbaum erwähnt.

„Ah, mein Cousin Mr Dockerell", sagte Mrs Manson, „Sie kannten ihn, nicht wahr? Er ist tot, armer Mann, haben Sie davon gehört? Er ist letztes Jahr verstorben."

Und als sie erst einmal von Mr Dockerell angefangen hatte, schweifte sie in seiner Lebensgeschichte herum, da sie zu denen gehörte, die wenig Feingefühl besaßen und alles zu jedem sagen konnten.

„Armer Fred, seine Ehe war so ein Fehler. Sie war älter als er und ein Nervenbündel. Sie fing ihn ein. Ich habe immer gesagt, dass es so war; jeder auf der Welt hätte ihn einfangen können. Es war in Worthing; diese Seeorte im Sommer sind sehr gefährlich. Meine Mutter sagte immer: ‚Wir müssen dankbar sein, dass es nicht schlimmer ist.' Nein, er war nicht glücklich. Es gab eine Geschichte, dass er eigentlich eine andere mochte, eine Miss Simon, ihr Name war Simon – Simon oder so ähnlich. Woher sie kam? Oh, ja, Willstead. Er hat dort mal gearbeitet. ‚Die schöne dunkelhaarige Miss Simon.' Wenigstens war sie nicht schön, scherzten wir immer; es gab eine hübsche Schwester, aber sie war hellhaarig. Meine Schwester beharrte immer darauf, dass er sich nach ihr verzehrte, aber das passte nicht zu Fred. Wir waren immer kaltherzig und erklärten, es seien Verdauungsstörungen."

Mr Dockerells Tod bedeutete Henrietta nicht viel, er war so gänzlich aus ihrem Leben verschwunden. Aber „eine dunkelhaarige Miss Simon, die in Willstead lebte, nicht schön"; sie hielt viel davon. Sie konnte nicht anders, als zu glauben, dass sie selbst es sein musste. „Also hatte er mich vielleicht doch gern", sagte sie sich, als sie am Abend am Kamin saß; sie hatte das Alter erreicht, in dem sie viel Dämmerung zum ungestörten Nachdenken am Gas mochte. Aber die Neuigkeit war so spät gekommen; wenn sie es nur vorher gewusst hätte. Die Monate und Jahre des Unglücklichseins stiegen vor ihr auf. Auch wenn die Vorsehung verfügt hatte, dass sie nicht heiraten sollten, und rückblickend meinte sie nicht, dass sie sich wünschte, sie hätten geheiratet – es lag alles so weit hinter ihr, dachte sie, dass sie das Glück eines Abschiedsbriefes von ihm hätte haben können, der ihr sagte, dass sie wirklich an erster Stelle in seinem Herzen stand. „Ich hätte ihn niemals wieder gesehen oder von ihm gehört; natürlich hätte ich das nicht gewollt, aber es wäre so tröstlich gewesen, es gewusst zu haben." Sie verfiel in die Kindheitsangewohnheit der Tagträumerei, wenn man Tagträume über die Vergangenheit haben konnte, und saß derart lange gedankenverloren da, dass Annie schließlich mit den Streichhölzern hereinkam. „Möchten Sie nicht, dass das Gas angezündet wird? Sie haben gar nicht geläutet, ich bin Ihretwegen richtig unruhig geworden, Ihr Herz ist nicht sehr kräftig."

Henrietta verfasste gerade seinen letzten Brief, jeder Moment machte ihn zärtlicher. Sie kehrte mit einem Ruck ins alltägliche Leben zurück und zum Zeitschriftenartikel *Schönheiten am Hofe Georges II*, der offen vor ihr lag. Sie blendete ihr Bild von dem, was hätte sein können, aus mit „Natürlich war es unmöglich, es ist lächerlich, darüber nachzudenken. Wie kann man mit fast sechzig so albern sein?" Aber sie dachte nach, und es gibt keinen Zweifel, dass sie sehr erfreut war. Und letztlich war die gute Neuigkeit falsch, er hatte nie mehr an sie gedacht.

Sie vertraute den kleinen Vorfall Evelyn an. Evelyn, die ihren Mann anbetete und von ihm angebetet wurde, war so sehr an die Bewunderung von Männern gewöhnt, dass sie dem keine große Bedeutung beimaß. Sie hatte vor langer Zeit ihre alten Verehrer sich mit anderen verbinden sehen; diese Seite des Lebens war für sie seit vielen Jahren vorbei. Ihr Interesse galt nun den möglichen Ehen ihrer Söhne, und es war etwas schmerzvoll für sie, dass Henrietta so sehr erregt sein konnte über etwas, was letztlich nicht mehr als eine mögliche Liebesaffäre gewesen war. Um ehrlich zu sein, fand sie es etwas kleinlich und der Würde von jemandem, der am Rande des hohen Alters stand, nicht angemessen. Sie wollte verständnisvoll sein, und sie war zu freundlich, um etwas zu sagen, was verletzen würde, aber Henrietta konnte sehen, dass Evelyn nicht auf ihre Gefühle einging.

Louies Kinder waren nun ins Leben getreten, und die Söhne entwickelten sich so gut, dass sogar Henrietta eingestand, man könne von ihnen erwarten, die Last ihrer Eltern selbst zu übernehmen. Sie hatte ihre Nichten und Neffen zu Besuch; Minna und Louie kamen auch, um Trinkkuren zu machen. Ein oder zwei der Nichten sammelten natürlich gebrauchte Möbel und nutzten Bath als Ausgangspunkt für Ausflüge in kleine Städtchen. Die Besuche waren sehr nett, wenn sie nicht länger als zwei Nächte andauerten; nach zwei Nächten gab es die Gefahr eines Bruchs und manchmal einen direkten Bruch. Ihre Nichten und Neffen waren alle das, was sie „modern" nannte, das heftigste Wort, aber eines, das sie kannte. Ein bestimmter Neffe und eine bestimmte Nichte waren leider Gottes noch moderner, sie waren das heftigste Wort überhaupt, *„radikal"*. Der Neffe hegte eine allzu tiefe Verachtung gegen alte Damen, um über Kontroverseres zu reden als den örtlichen Zugverkehr, aber selbst das war, stellte er fest, ein Thema, das Henrietta überforderte. Denn es erwies sich, nachdem sie den Anschein gemacht hatte, sehr vernünftig über die Nachmittagszüge zu sprechen, dass sie sich auf einen bezog, der mit einem ‚N' markiert war, eine Donnerstags-abweichung, was den Sinn ihrer ganzen Bemerkungen zerstörte. Ihr Neffe erklärte ihr das, doch sie hielt an ihrem Zug fest und erklärte, dass das ‚N' ein Druckfehler sei. Ein Druckfehler im Bradshaw. Was für ein Irrwitz! Er hatte nicht begriffen, dass sogar eine Tante derart kindisch sein konnte. Natürlich wusste sie, dass sie unrecht hatte, doch sie versuchte sich davon zu überzeugen, dass sie recht hätte, weil sie so sehr enttäuscht war. Sie hatte einen guten Eindruck auf ihren Neffen machen wollen, selbst wenn er ein Radikaler war. Sie hielt Männer den Frauen für überlegen, obwohl sie ihr Leben lang ihre Zuneigung und Bewunderung Frauen geschenkt hatte – Miranda, Miss Arundel, Evelyn. Sie besaß die unschuldige Überzeugung, dass Männer mehr über alles wussten, außer vielleicht die jüngsten Babys, und sie war bedacht auf eine gute Meinung von Männern. Leider Gottes war ihrem Neffen mehrere Male hintereinander zu widersprechen nicht der Weg, ihn zu gewinnen.

Er fand, dass diese Widerrede ihn reichlich dafür rechtfertigte, sich für den Rest des Abends in seine Zeitung zu vertiefen und gelegentlich ein „Hm" und „Ah" nach flehendem Druck von seiner Tante zu gewähren. Er reiste gleich am Morgen ab.

Dann kam seine radikale Schwester. Sie inspizierte irgendeine staatliche Einrichtung und hielt mit einem brennenden Glauben für das Frauendasein an der unmöglichen Hoffnung fest, dass ihre Tante mit der Zeit dazu bekehrt werden müsse, „das Richtige zu denken". Mit einer Nichte allein fühlte sich Henrietta frei und sehr kompetent, zu korrigieren. Aber sie wusste kaum, mit wem sie es zu tun haben würde.

„Dienstboten sollen in eine Gewerkschaft gehören, Annie und Emma" (die Köchin), „sollen sich einer Gewerkschaft anschließen. Wie vollkommen lächerlich!"

„Aber warum lächerlich, Aunt Etta?"

„Weil es das ist."

„Nein, aber sag es mir, Aunt Etta. Ich weiß, es muss einen triftigen Grund dafür geben, und ich wäre so interessiert, ihn zu hören."

„Du hättest Annies Hut letzten Sonntag sehen sollen: mit enormen rosafarbenen Rosen."

„Ja", antwortete ihre Nichte, weil sie ihre Tante sehr leicht durchschaute, „aber was das angeht, einige Damen haben enorme rosafarbene Rosen."

„Ja, in der Tat. Also, als ich jung war, hätten wir niemals –"

„Und du hast nichts dagegen, dass sie sich Gewerkschaften anschließen?"

„Doch, habe ich."

„Aber was ist denn schließlich diese Gesellschaft der Lehrkräfte, der Hilda angehört" (Hilda war eine weitere Nichte) „anderes als eine Gewerkschaft? Und du bist auf ihren Ausflug mitgegangen, sagte mir Hilda."

„Das hat nichts damit zu tun", (eine Lieblingsausflucht bei älteren Damen, wenn sie das Schlimmste bei einer Diskussion erleben). „Natürlich, wenn Hilda —"

„Also ich meine, wenn Annie auffallende Hüte trägt, ist das nicht wirklich ein Grund gegen ihren Beitritt in eine Gewerkschaft. Du verstehst, was ich meine, oder?"

„Es missfällt mir besonders, unterbrochen zu werden. Ich war noch nicht fertig mit dem, was ich sagen wollte."

„Ich bitte um Entschuldigung, Aunt Etta, es tut mir so leid. Was wolltest du sagen?"

Henrietta konnte sich nicht erinnern und lenkte auf etwas anderes ab. „Diesen ganzen Schmuck bei Tage zu tragen, ist so gewöhnlich. Dieses Mädchen auf dem Postamt hatte zwei Broschen und ein Medaillon, und sie hat mich so lange warten lassen; das macht sie immer."

„Ja, aber ich denke, wir sollten es ihnen überlassen zu beurteilen, was sie gern tragen möchten; es geht uns eigentlich nichts an, oder? Aber ich wollte gerade mit dir über diese Gewerkschaft der Dienstboten sprechen, Aunt Etta. Ich frage mich, ob ich Annie ein kleines Pamphlet geben könnte, das ich darüber verfasst habe. Natürlich wollen wir nicht, dass sie immer streiken oder so etwas in der Art. Das Ziel meiner Gesellschaft ist einfach, zu versuchen, die Dienstboten dazu zu bewegen, ein Gespür dafür zu haben, was sie versäumen – diese große Macht der Organisation und Solidarität, die sie haben sollten. Ich finde, dass Annie wie ein nettes, intelligentes Mädchen aussieht, das sicherlich Einfluss auf ihre Freunde haben würde."

„Nein, sie ist sehr lästig und unachtsam. Sie *musste* heute Abend ausgehen, gerade als du kamst, weil sie ihre Mutter ins Krankenhaus bringen wollte, sodass ich Mrs Spring nehmen musste, und es ist ja sehr schön, wenn Annie sagt —"

„Ich frage mich, ob ich dir etwas aus meinem Pamphlet vorlesen könnte, Aunt Etta, nur um ein paar Dinge zu verdeutlichen. Weißt du, ich möchte so sehr, dass du unsere Gewerkschaft befürwortest, weil wir finden, dass die Hausherrinnen mit den

Dienstboten kooperieren sollten, ihnen helfen sollten, sich selbst zu helfen, und dann werden wir ein wirklich einflussreiches Gremium der öffentlichen Meinung werden, das wertvolle Arbeit in der Verbesserung der Bedingungen von Dienstboten leisten wird."

Henrietta bebte und haderte mit sich und wich unter belanglosen Vorwänden aus, aber sie konnte dem Pamphlet nicht entkommen, das äußerst klug war; das war auch die extrem kluge Autorin, bis auf eine vollkommene Unwissenheit über die menschliche Natur. Henrietta hörte alles über Sozialismus, Landsteuern und auch Erwachsenenwahlrecht, und je verärgerter sie wurde, desto freundlicher und geduldiger schrie Agatha, indem sie jedem besonders absurden Gefühlsausbruch mit unerschütterlicher Freundlichkeit begegnete und mit „Wie interessant, ich möchte *unbedingt* deine Sichtweise begreifen." Diese Nichte wurde nicht wieder eingeladen.

Henrietta dachte oft mit Zuneigung und Dankbarkeit an die kleine alte Tante, die vor vielen Jahren verstorben war; aber wie sie als Erstes eingestehen musste, war ihr spätes Alter nicht annähernd so erfolgreich. Ihr Haus war nicht das Zentrum für alle. Sie hatte ein paar ältere Damen, mit denen sie Besuche austauschte, doch junge Leute mochten sie nicht, und Kinder hatten Angst vor ihr.

Seit sie sich in England niedergelassen hatte, hatte sie ernsthafte Versuche unternommen, ihr Temperament zu zügeln. Doch der Begleiter eines Lebens ist mit fünfundfünzig nicht leicht abzuschütteln, und mehr als einmal war sie sich ihrer schlechten Laune gänzlich unbewusst, unter der alle um sie herum ernsthaft litten. Bei den sehr seltenen Gelegenheiten, bei denen sie es merkte, ging sie zurück zu dem Ich, das sie als Kind gewesen war, stieg herab vom Podest ihres Alters und ihrer Generation und sagte, dass es ihr leid tue.

Eines Tages hatten sie und Annie einen langen, ernsten Streit. Die Frage war zunächst, ob Annie die Nase des Porzellanschoßhundes auf dem Kaminsims abgebrochen hatte, ein Relikt des alten Hauses in Willstead; Henrietta hatte immer zärtliche Gefühle für Relikte. Die Argumente, die von Annie angeführt wurden, waren gegen Henrietta, doch Argumente hatten für sie nie viel Gewicht gehabt. Im Übrigen ging der Streit vom konkreten Punkt der Nase zu vageren, aber bitteren Angriffen auf den Charakter über. Henrietta hatte sich immer ein ideales Dienstmädchen vorgestellt, das Maßregelung nicht nur mit Unterwürfigkeit hinnahm, sondern mit Dankbarkeit, und erwähnte es gern zur Ernüchterung der tatsächlichen Dienstboten. Nach einer halben Stunde fing Annie geräuschvoll an zu weinen, sodass Henriettas Worte untergingen. Das Gespräch fand ein Ende. Annie ging nach unten und erzählte es der Köchin, doch sie verschwendete wenige Tränen oder Gedanken auf die Angelegenheit, und beinahe sofort lachten sie fröhlich über ihre jungen Männer, als sie bei der Näharbeit saßen.

Henrietta aber dachte nach und stöberte im Zimmer herum, während sie nachdachte, nahm Dinge von ihrem Platz und stellte sie, in einem Wirbel des Unbehagens, dahin, wo sie nicht sein sollten. Schließlich läutete sie.

„Die Lampe bitte, Annie."

„Die Lampe, M'am", sagte Annie. „Aber Sie brauchen sie erst in einer halben Stunde, oder, M'am? Es ist so ein schöner Abend."

Es war unmöglich, Annie jemals zu bezwingen.

„Die Lampe bitte", wiederholte Henrietta, „und ich möchte gern – ich denke, du solltest – ich finde, dass – was ich dich zu verstehen wünsche, ist, dass man auf das Temperament gut achtgeben sollte. Wenn man mein Alter erreicht, sieht man, dass es – und man soll es nicht aufschieben, bis es zu spät ist, wie es Menschen manchmal tun – wie ich es getan habe."

Annies scharfe Ohren hörten das letzte kleine Gemurmel. Henrietta hoffte aber, dass sie es nicht würden, obwohl es wegen des Gemurmels war, dass sie geläutet hatte.

Annie sagte: „Ja, M'am", sehr freundlich und fügte sich wegen der Lampe. Sie erzählte es hinterher der Köchin mit einiger Amüsiertheit. „Sie ist komisch, das habe ich immer gesagt, aber", setzte sie hinzu, „ich habe welche gekannt, die ich komischer fand."

Diese Ansicht könnte wert sein, festgehalten zu werden, denn es war eine der höchsten Anerkennungen ihres Charakters, die Henrietta jemals erhielt.

Insgesamt besserte sie sich während jener letzten Jahre, und in der allgemeinen Wandlung ihres Charakters erhöhte sie den Standard ihrer Lektüre. Sie widmete sich morgens und nachmittags den leicht skandalösen Erinnerungen von Französinnen und den Biografien von Kirchenwürdenträgern und behielt ihre Kostümromane für den Abend.

Sie sah Evelyn häufig, und sie redeten über die Vergangenheit, doch sie erlangten nie mehr die beinahe himmlische Vertrautheit jener Nacht wieder. Sie trafen sich selten ohne eine von Henriettas Unannehmlichkeiten, und sie mochte die Jungen nicht, sie hatten nichts von Evelyn an sich, während sie ihrerseits sich nicht vorstellen konnten, warum ihre Mutter ihre Tante Henrietta so gern hatte. Es war ein beständiger Kampf für Evelyn, nicht ungeduldig mit ihr zu werden; so sehr sie es auch wollte, konnte sie nicht die hohe Ebene der Hingabe aufrechterhalten, die beiden so viel Glück gebracht hatte.

13. Kapitel

Henrietta starb, als sie dreiundsechzig war. Ihr Vater und ihre Stiefmutter waren längst tot, ebenso ihr zweiter Bruder, den jahrelang keiner aus der Familie gesehen hatte. Als nach ihren Verwandten geschickt wurde, war es sehr kaltes Wetter im Januar, und Louie und Minna kamen der Aufforderung nicht nach. Sie bedauerten es danach ständig und erklärten einander, wie fürchterlich der Wind gewesen sei und wie sehr sie um ihrer Kinder willen achtgeben mussten, und wie Henrietta sie so sehr verängstigt hätte im Jahr zuvor, weil sie nach ihnen schickte, obwohl dafür keine Notwendigkeit bestand, dass man natürlich nicht von ihnen erwarten konnte zu erkennen, dass es dieses Mal wirklich wichtig war.

William kam und sah gütiger aus denn je mit seinem sehr kleidsamen weißen Haar. Henrietta sagte, sie denke, dass es das letzte Mal sein würde, dass sie ihn sehen könne, doch er versicherte ihr, dass es nur die Kälte sei, die sie ein wenig niedergedrückt hätte, und es würde ihr wieder besser gehen, sobald sich der Wind ändere. „Er ist scheußlich, schüttelt jeden durch." Er sah so kernig und irdisch aus, dass es beinahe schien, als er im Zimmer war, als ob es so etwas wie Tod nicht geben könne.

Sie sprachen über die Trockenheit im letzten Sommer und Williams Sohn, der Plantagenbesitzer in Ceylon war, und über den Lärm der Motorbusse in London, bis William sagte, er müsse seinen Zug erreichen. Er gewährte eine Viertelstunde mehr, denn er war in der Lage, zu bleiben und einen Augenblick mit dem Doktor zu sprechen, der vorbeikam, als er dort war.

„Es gibt keine Chance, sagen Sie."

„Nein, leider nicht. Miss Symons' Herz ist seit Jahren labil; es gibt ihr sehr wenig Kraft, gegen diesen Anfall anzukommen."

„Hm! Das hatte ich befürchtet", sagte William, und er war froh, aus dem Haus zu kommen und eine *Pall Mall* zu kaufen.

Die Inspektorennichte kam vorbei (uneingeladen), sehr energievoll und sehr freundlich, indem sie ihre letzten paar Ferientage dafür hingab, eine unangenehme, reaktionäre Verwandte zu pflegen. Sie dominierte die Krankenschwester, die viel sanftmütiger war, als es Krankenschwestern üblicherweise sind, und unterdrückte ihre arme Tante ziemlich, die zu schwach war, selbst gegen Angriffe auf die Monarchie zu protestieren. Doch Henrietta war viel glücklicher, als die Ferien der Nichte zu Ende gingen, und sie wurde zurückgelassen, um ruhig und stumpfsinnig unter der Krankenschwester zu sterben.

Evelyn war wegen ihrer Gesundheit fort in Ägypten mit Herbert, und durch ein äußerst unglückliches Missgeschick erhielt sie nicht das erste Telegramm, das Henriettas gefährliche Erkrankung mitteilte. Die arme Henrietta fragte beständig, ob nicht etwas von ihr da sei, und als sie schwächer wurde und ein wenig verwirrt, weinte sie wie ein Kind: „Ich will Evelyn." Sie kabelten noch einmal, und als die Antwort kam, „Werden sofort nach Hause aufbrechen", war es zu spät, und Henrietta war nicht mehr ausreichend sie selbst, um es zu verstehen.

Sobald Evelyn nach Hause zurückkam, fuhr sie nach Bath. Das kleine Haus war noch so, wie es gewesen war, bis auf ein paar Hinterlassenschaften, die ein umsichtiger Neffe bereits entfernt hatte. Doch der Platz der Toten schien sogar noch schneller ersetzt worden zu sein als gewöhnlich. Annie, wie sie sagte, hatte nur gewartet, „bis die arme alte Dame verschieden war", um sich angenehm mit dem Sattler zu verheiraten, und das Dienstmädchen hatte sich bereits in einer sehr gepflegten Stellung in der Stadt eingerichtet. Es gab eine unbekannte Wirtschafterin, die sich um das Haus kümmerte, das vermietet werden sollte. Evelyn sah den Doktor und den Geistlichen, die beide freundlich von Miss Symons sprachen. „Wir werden Ihre Schwester sehr vermissen", sagte Mr Vaughan, „sie tat immer Gutes", – und in einem gewissen Maß vermisste er sie wirklich, aber es gibt ein unaufhörliches Angebot von großzügigen, anrührenden, unfähigen alten Damen in England, und man konnte nicht von ihm erwarten, sie sehr zu vermissen. Evelyn suchte die Krankenschwester auf und konnte von ihr mehr von dem hören, was sie wollte. Die Krankenschwester war ein freundliches, liebes Mädchen, der Mittelpunkt einer liebevollen Familie und verlobt mit einem hingebungsvollen jungen Büroangestellten.

„Oh, Mrs Ferrers, wenn Sie doch nur rechtzeitig hätten zurückkommen können", sagte sie schluchzend, „oder wenn Sie hätten schreiben können. Sie hat Sie *wirklich* sehr gebraucht; jedes Mal, wenn es geläutet hat, hieß es: ‚Ist sie das?', und ich hörte, wie sie zu sich selber sagte: ‚Ich dachte, sie würde *bestimmt* kommen.' Ich musste schlicht in den Flur gehen, ich konnte meine Tränen nicht zurückhalten, und natürlich sollte man vor den Patienten immer heiter sein; es ist so schlecht für sie, wenn man es nicht ist. Einige Nichten und Neffen kamen, und eine von ihnen blieb mehrere Tage, und zwei Brüder, glaube ich; und es waren mehrere Mitglieder der Familie auf der Beerdigung, und sie hatte ein paar wirklich hübsche Kränze, und die Kirche war schön und voll, eine Anzahl ihrer armen Leute war da", dorthin gezogen, wie die Krankenschwester sicherlich wusste, nicht weil sie Henrietta mochten, sondern weil sie Beerdigungen mochten, „aber als Ihr Telegramm dann kam, habe ich vor Freude geweint, obwohl es uns nicht gelungen war, dass sie es begriff, die arme Liebe; trotzdem war es, als ob jemand sie wirklich gern hatte. Oh, sie sah so schön aus und friedlich am Ende, aller Kummer war fort."

Das war eine tröstende Täuschung, die die Krankenschwester für gerechtfertigt hielt, an Verwandten zu begehen, denn tatsächlich hatte der Tod Henrietta nicht verändert; es hatte keine Wandlung gegeben in Schönheit und Vornehmheit, sie sah so aus, wie sie im Leben gewesen war – unbedeutend, kraftlos und unglücklich.

„Miss Symons bat mich, Ihnen dieses Kästchen zu geben", sagte die Krankenschwester. „Ich musste es ihr immer wieder versprechen, dass ich es Ihnen gebe."

Evelyn sah, dass es eine intarsierte Schachtel aus Sandelholz war, die sie aus Indien als Geschenk des ersten Kindes geschickt hatte. Darin fand sie Herberts Brief, der den Tod der kleinen Madeline mitteilte, ihre Fotografie und die der beiden anderen Babys und ein Stück Briefpapier, mit einer blauen Schleife zusammengebunden. Darauf stand, „Ich kann Dir nicht sagen, wie viel Gutes Du mir getan hast, ich scheine dafür die letzten fünfzehn Jahre gelebt zu haben. EVELYN, 23. September 1890." Als sie das las, erinnerte Evelyn sich an das, was sie lange vergessen hatte, dass es das gewesen war, was sie einmal zu Henrietta gesagt hatte. Als sie zum Hotel ging, war es ein heller, sonniger Nachmittag, und Schnee lag auf dem Boden. Sie ging auf ihr Zimmer, um ihre Sachen abzulegen, doch stattdessen stand sie am Fenster, zu konzentriert auf das, was sie gehört hatte, um zu irgendetwas fähig zu sein. Ihr Herz zerbrach beinahe bei dem Gedanken, dass Henrietta all die Jahre das bisschen Liebe, das sie ihr geschenkt hatte, zu schätzen gewusst hatte, Krumen, die sie von dem übrig hatte, was sie ihrem Mann und ihren Jungen gegeben hatte, Liebe nicht einmal um Henriettas willen, sondern um der toten Kinder willen. Sie, über die man all die Reichtümer der Liebe ausgeschüttet hatte und über Henrietta so wenig. „Ich war kalt, selbstsüchtig, selbstversunken, ich habe nicht an sie gedacht, ich habe sie vergessen, ich habe sie kritisiert; es war alles meine Schuld."

Doch selbst in diesem Moment der Überhöhung erkannte Evelyn, dass es nicht ihr Fehler war, sondern Henriettas eigener; dass es aus dem Grund war, weil sie so wenig liebenswürdig gewesen war, dass sie so wenig geliebt wurde.

„Aber wenn sie die Chance bekommen hätte, wäre sie nicht unliebenswürdig gewesen. Sie war zu größerer Liebe fähig als jeder von uns, und sie hatte nie die Chance. Wenn es Gerechtigkeit und Gnade auf der Welt gibt, wie können sie zulassen, dass ein armes, schwaches menschliches Wesen so wenige Möglichkeiten bekommt, solch schwere Verlockungen, und wenn sie der Versuchung nachgibt, so grausam leidet? Und jetzt soll ich zurückkehren und mit Herbert und den Jungen glücklich sein und wirklich glauben, dass ich alles getan habe, was ich konnte. *Das kann ich nicht ertragen.*"

Sie war so sehr von ihren eigenen Gedanken erfüllt, dass sie nicht bemerkt hatte, wie die Zeit verflogen war. Sie blickte auf und war sich auf einmal bewusst, dass die Nacht herangekommen war und dass der Himmel vor unzähligen Sternen strahlte. Zugleich fühlte sie eine untrennbare Verbindung mit den Sternen, einen Rausch der erlesensten Erregungen, Emotion und Erfüllung, den sie jemals erlebt hatte. Sie fühlte durch jede Faser ihres Seins, dass alles in Ordnung war mit Henrietta und dass die Verbitterung, Ziellosigkeit und Leere ihres Lebens wiedergutgemacht worden war. Diese Überzeugung war tausendmal wirklicher für sie als das Zimmer, in dem sie stand, wirklicher als die Sterne, wirklicher als sie selbst. Tränen der Freude strömten ihre Wangen herunter, und sie hörte sich wieder und wieder sagen: „Liebling, ich bin so froh"; arme kindliche Worte, aber nicht weniger unpassend als die erhabenste Sprache, um ihren unaussprechlichen Trost auszudrücken jenseits aller Äußerung, sogar jenseits aller Gedanken. Wie oft sie diese Worte sagte oder wie lange diese Seligkeit anhielt, konnte sie nicht sagen.

Eine merkwürdige, traumartige Erinnerung daran verblieb ihr einige Tage. Sie erzählte es ihrem Mann, und er sagte: „Ich bin sehr froh über alles, was dir ein Trost sein kann, Liebste", doch er blickte sie besorgt an und dachte, dass es ein Zeichen dafür sei, dass sie wieder krank sein musste. Allerdings blieb sie gesund und stark. Sie erzählte es niemandem sonst, doch von da an war sie vollkommen glücklich über Henrietta.

Nachwort

Gut neun Jahre bevor May Sinclair ihre psychologische Studie *Leben und Tod der Harriett Frean* veröffentlichte, stellte F. M. Mayor die Figur der unverheirateten Frau in den Mittelpunkt eines Romans. Bislang waren es vor allem Schriftsteller, die sich des gesellschaftlichen Phänomens der „Jungfer" als Protagonistinnen annahmen, beispielsweise George Gissings *The Odd Women* (1893) und Hubert Wales' *The Spinster* (1912). Der Gesellschaftsroman des 19. Jahrhunderts, wie er als Klassiker von Jane Austen, George Eliot und den Brontë-Schwestern geprägt wurde, präsentierte die sexuell unerfahrene „spinster" bislang vor allem als dramaturgische Randfigur gehobeneren Alters, meist mit eigenwillig verhärmter Charakterfärbung. Durch das Hervortreten eines neuen Frauentypus, der New Woman, in der Zeit der Suffragettenbewegung und mit der Einrichtung höherer Schulen für Mädchen erhielt die Jungfer und ihre Daseinsberechtigung eine neue literarische Wertschätzung. Mit Agatha Christies Kultdetektivin Miss Marple sollte sie schließlich ein ganz eigenes intellektuelles Selbstverständnis bekommen und mit Empathievermögen sowie deduktiver Logik der Gesellschaft den Spiegel vorhalten.

Mayors Roman erscheint in seiner auffallend einfachen Darstellungsweise zunächst wie ein Gegenentwurf zu den Werken Gissings und Wales'. Je weiter der Roman jedoch voranschreitet, desto deutlicher wird schließlich eine konsequente Abrechnung, nicht nur mit dem viktorianischen Frauenbild, sondern auch mit eben jener Romankultur des 19. Jahrhunderts, die dieses Frauenbild idealisierte und nachdrücklich verbreitete. In einem sehr reduzierten Stil, der zwischen schlichten Sätzen und lakonischen, mitunter ins Satirische abgleitenden

Betrachtungen changiert und sich einer Erzählerfigur bedient, die sich plötzlich wie ein Chronist kommentierend und wertend einmischt, wird das Porträt einer Frau von der Mitte des 19. Jahrhunderts bis zum frühen 20. Jahrhundert gezeichnet. Der Anfang erinnert mit seiner nüchternen Klarheit eigenwilligerweise an den Duktus der Märchenerzählung und suggeriert eine Allgemeingültigkeit des im Mittelpunkt stehenden Schicksals. In zügigem Tempo geht die Autorin von einer Lebensstation zur nächsten, wirft Schlaglichter auf einzelne Begebenheiten, die die Lebensabschnitte bestimmen, und liefert zugleich eine kritische Betrachtung über die Alltagssituation der unverheirateten Frau, über die Gesellschaft, die sie hervorgebracht hat und im frühen 20. Jahrhundert noch als Problemfigur stilisierte.

In seinem Vorwort zur Erstausgabe von 1913 lobt der Dichter und Journalist John Masefield die beinahe skizzenhafte und doch so treffende Struktur des Romans: „Die vergleichsweise passiv gestaltende Methode passt zum Thema, denn ihre Heldin trägt das Schicksal, in einem Land geboren zu sein, wo es unzählige Frauen ihrer Stellung gibt, die untätig wie Geflügel an allen Straßenbahnlinien ihrer Gemeinde entlanglaufen. (…) Sie [Henrietta] hat nichts getan außer zu leben und am Leben zu sein, beides für eine derart passive Bestimmung, dass das Ende mitleiderregend ist."[*] Flora Mayor umgibt ihre Titelfigur mit einer Reihe

---

[*] „This comparatively passive creative method suits the subject; for her heroine has the fate to be born in a land where myriads of women of her station go passively like poultry along all the tramways of their parishes (…) She has done nothing but live and been nothing but alive, both to such passive purpose that the ceasing is pitiful (...)"
John Masefield, „Preface", *The Third Miss Symons* (London: Hutchinson & Co. Ltd., 1913), p. vi; p. viii.

weiterer Jungfern: mit einer älteren Tante, die sich ganz in den Dienst der Fürsorge um ihre eigene Familie gestellt hat, statt ihre große Liebe zu heiraten; der spröden Lehrerin Miss Arundel, mit Henriettas „modernen" und „radikalen" Nichten, die sich mit Nachdruck als Sozialreformerinnen gerieren, aber von der menschlichen Natur überhaupt keine Ahnung haben, und mit einem Heer von nicht genauer definierten englischen Damen, die sich im Ausland als Pensionswirtinnen verdingen. Es sind die typischen Beschäftigungsfelder für die unverheiratete Frau im 19. Jahrhundert – Lehrerin, Gouvernante und Wohlfahrtsmitarbeiterin –, die für Henrietta nicht infrage kommen, da sie darin ihren persönlichen Anspruch auf einen besonderen sozialen Status verletzt sehen würde und eine gesellschaftliche Ausgrenzung mit einem offiziellen Rahmen versehen könnte. In dem Versuch, sich gemeinsam mit Miss Gurney in London ernsthaften Studien zu widmen und eine eigene Unterkunft zu bewohnen – was als „kühn" gesehen wird –, karikiert F. M. Mayor zugleich eben jenen Typus der New Woman, der sich jenseits von Familie und festgelegten Verhaltensnormen einen unabhängigen Lebensraum schaffen möchte. Dem unglücklichen Werdegang ihrer Hauptfigur stellt die Autorin einen idealtypischen Lebensweg im unmittelbaren Familienkreis mit den Schwestern gegenüber: Louie, Minna und Evelyn, die im kolonialen British Empire herumzieht, durchlaufen scheinbar mühelos die klassischen Phasen zwischen Schulzimmer und Ehestand, selbst jene sensible Zeit, die vor einer Heirat noch einmal im Elternhaus verbracht wird und von Henry James als *Awkward Age* in seinem gleichnamigen Roman von 1899 bezeichnet wurde, nehmen die Schwestern gleichmütig hin, denn sie sind sich ihres Ziels sicher. Das Beihnahe-Lebensglück mit dem wankelmütigen Mr Dockerell sowie die nachfolgenden halbherzigen Versuche, sich einen Platz in der Gesellschaft zu suchen, werden für Henrietta jedoch zum schicksalhaften Weg in die Bedeutungslosigkeit. Schließlich definiert Henrietta in fortgeschrittenem Alter den bloßen Heiratsantrag als Akt, mit dem eine Frau im Grunde genommen ihre gesellschaftliche Pflicht erfüllt hat: „In ihrem innersten Herzen sagte sie sich: ‚Nun, alles in allem habe ich meinen Antrag bekommen wie alle anderen‘.“ (10. Kapitel) Mrs Symons, Henriettas Mutter, zeigt, welchen Weg die viktorianische Frau üblicherweise einschlug, wenn sie ihrer gesellschaftlichen und biologischen Rolle gerecht geworden ist: die Flucht in die Krankheit, um sich weiteren (ehelichen) Pflichten weitestgehend zu entziehen.

Von der Familie nicht wirklich wahrgenommen, geschweige denn geliebt, schickt Mayor ihre Protagonistin auf Wanderschaft, macht sie zu einer ruhelosen Reisenden mit überhöhten Ansprüchen und schrulligen Eigenarten – im Englischen häufig mit „odd“ umschrieben –, ohne Bildungsambition, aber mit ausreichend finanziellen Mitteln. Die Autorin zeichnet den englischen Touristen alles andere als sympathisch mit seinem oberflächlichen Kulturhunger, der sich auf Empfehlungen des Baedeker stützt. Henriettas enttäuschender Ausflug mit Evelyns Familie in eine italienische Provinzstadt erscheint wie ein szenisches Zitat aus E. M. Forsters *A Room with a View* (1908) und gibt einmal mehr eine kritische Reflexion der britischen Nation wieder. Die Leere des Tages in Stundenabschnitten zu überwinden, wird im Laufe der Jahre von Henrietta regelrecht zur Kunst erhoben und schließlich als ein Lebensgerüst zelebriert, das nicht gestört werden darf. Die vergebliche Suche nach einem Zuhause und nach Anerkennung unterstreichen die gesellschaftliche Isoliertheit, für die es keinen Ausweg zu geben scheint.

Bei aller Reduziertheit der Darstellung ist es die immer wieder auftretende Eigenreflexion, in der Henrietta nach dem Sinn ihrer Existenz fragt und damit eine Haltung christlicher Grunderfahrung einbindet. Als Schülerin auf dem Internat fragt sich Henrietta: „Warum hatte Gott sie auf die Welt geschickt, wenn sie nicht gebraucht wurde?" (2. Kapitel) Und nach ihrer unrühmlichen Tätigkeit in einer Wohltätigkeitsorganisation: „Was immer ich tu, ich scheitere; was ist der Sinn, dass ich lebe? Warum bin ich geboren worden?" (7. Kapitel) Das Romanende mit Henriettas Vermächtnis in Form des intarsierten Kästchens erscheint mit dem übersinnlichen Moment Evelyns in seiner mystischen Überhöhung etwas rätselhaft, er lehnt sich jedoch an den literarischen Trend der Geistererzählungen und an die parapsychologischen Strömungen vor dem 1. Weltkrieg an und soll verdeutlichen, dass Evelyn zu der Erkenntnis gelangt, die unglückliche Henrietta habe doch ihr Seelenheil gefunden und so etwas wie Lebensglück erreicht.

Der Romantitel selbst fasst mit einer kurzen Umschreibung das Fatum der Hauptfigur zusammen: „Die dritte Miss Symons" ist die dritte in einer Reihe ohne Anbindung, das sprichwörtliche „fünfte Rad am Wagen" ohne Schulterschluss. Henrietta ist konturlos; sie ist ein Beispiel, wie es in beinahe allen Familien vorkommt: ein Mensch, der keinen individuellen Eindruck hinterlässt. Tatsächlich wird ihre Existenz nach ihrem Tod schnell „abgewickelt": das Haus wird vermietet, die Angestellten gehen zügig neue (Arbeits-) Verhältnisse ein. Dass sich Flora Mayor in ihrem Roman eines in jeder Hinsicht polarisierenden gesellschaftlichen und sozialpsychologischen Themas annimmt, findet sich nicht zuletzt in der Biografie der Autorin begründet.

F(lora) M(ackdonald) **Mayor** wurde als eineiiger Zwilling am 20. Oktober 1872 in Kingston-on-Thames in Queensgate House, nahe Richmond Park, in eine weitverzweigte und akademisch geprägte Familie hineingeboren (eine umfangreiche Sammlung von Familienpapieren befindet sich u. a. in der Bibliothek des Trinity College, Cambridge). Ihre Eltern, die hochgebildete Jessie Grote und der angesehene Reverend Joseph Mayor, waren bereits weit über 4o Jahre alt und führten ein großbürgerliches, christliches Leben mit einer äußerst liberalen Haltung. Neben Flora und ihrer Zwillingsschwester Alice gehörten zwei Brüder, Henry und Robin, zum Haushalt. Allen Kindern wurde in gleichem Maße der Weg zu Bildung und geistiger Entfaltung ermöglicht, und die Geschwister entwickelten schon früh einen besonderen schulischen Ehrgeiz. Gemeinsam mit ihrer Schwester besuchte Flora Mayor bis 1888 eine der ersten höheren Schulen für Mädchen, die örtliche Surbiton High School. Während Flora die Aufnahmeprüfung für das Newnham College in Cambridge bestand, erhielt Alice die Zulassung nicht. Nach dem Abschluss der High School verbrachten die Schwestern für „den letzten Schliff" ein Jahr auf einem Internat in Montmirail in der Schweiz, allerdings konnten die beiden Mädchen das strenge Reglement der Schule nicht mit ihrem Temperament vereinbaren und brachen den Aufenthalt vorzeitig ab. Im Oktober 1892 nahm Flora Mayor ihr Studium in Cambridge auf. Obwohl Frauen dort erst 1947 Universitätsdiplome verliehen werden sollten, hoffte ihr Vater, Reverend Joseph Mayor, Inhaber eines Lehrstuhls an der Universität London, für seine aufgeweckte Tochter auf eine akademische Karriere, wurde darin jedoch enttäuscht: Flora genoss in Cambridge vor allem das gesellschaftliche Leben und die Freundschaften mit anderen Studentinnen. Sie schloss ihr Geschichtsstudium mit einem mäßigen Notendurchschnitt ab. Nach einem mehrwöchigen Italienurlaub mit ihrer Schwester Alice und ihren Eltern entschloss sich Flora zu einer Bühnenlaufbahn, da sie sich in verschiedenen Privataufführungen als durchaus begabte Darstellerin bewährt hatte. Die Eltern ließen trotz verständlicher Vorbehalte ihre Tochter gewähren, machten sich jedoch wegen ihrer körperlichen Konstitution Sorgen. Nach erfolglosen Versuchen, bei Tourneetheatern ein Auskommen zu finden, kehrte sie schließlich nach Queensgate House zurück und lebte gemeinsam mit ihrer Schwester Alice, zu der sie eine sehr innige Beziehung hatte, den Alltag einer gut situierten, aber letztlich nicht ausgefüllten unverheirateten Frau. In diese Zeit der vergeblichen Sinn- und Zielsuche fällt Mayors erstes Romanprojekt und damit der ernsthafte Beginn einer schriftstellerischen Tätigkeit: Unter dem Pseudonym Mary Stafford wurde *Mrs Hammond's Children* 1901 von einem kleinen Verlag veröffentlicht, fand allerdings bei Kritikern nur wenig Beachtung. Im März 1903 sollte sich das mit Kirchenbasaren und Teegesellschaften angefüllte Leben in Queensgate House einem Wendepunkt nähern. Flora Mayor erhielt von einem langjährigen Freund der Familie, Ernest Shepherd, einen Heiratsantrag. Mit 31 Jahren schien Flora Mayor nun auf dem Weg in ein gesellschaftlich gesichertes Lebensglück zu sein. Im September desselben Jahres erkrankte Ernest, der sich für sein berufliches Fortkommen für ein Jahr als Architekt in Indien verpflichtet hatte, und verstarb im Oktober, kaum drei Wochen nachdem er sich von Flora in England verabschiedet hatte. Der tiefe Verlust sollte Flora Mayor für den Rest ihres Lebens prägen. Sie führte ein Trauertagebuch, das in Auszügen in ihre nachfolgenden schriftstellerischen Arbeiten einfließen wird, und sie schrieb unter dem Namen Flora Shepherd, bevor sie sich endgültig auf den geschlechtsneutralen Autorennamen F. M. Mayor festlegte. Um ihr ein Stück weit aus dem seelischen Tief herauszuhelfen, schlug ihr älterer Bruder Henry vor, mit ihm gemeinsam einen Hausstand in Clifton zu gründen – Henry Mayor hatte am Clifton College eine Stellung als Altphilologe angetreten.[*] Doch der Umzug und der neue Alltag brachten nicht die gewünschte Ablenkung, auch nicht die Versuche, sich mit Einaktern, kurzen Geschichten und Artikeln über ihre Zeit beim Tourneetheater als Autorin zu etablieren.

In den Jahren 1911 bis 1913 lebte Mayor mit ihrem Bruder Robin in einem gemeinsamen Haushalt in London. Als der Bruder sich jedoch verheiratete, musste Mayor erneut einen Lebens- und Wirkungsort suchen. Nicht zuletzt die eigene ungewisse Lebenssituation, die auch in finanzieller Hinsicht angespannt war, da sie von ihrer Schriftstellerei nicht leben konnte, sowie die Biografien von zahlreichen weiblichen Verwandten inspirierten sie zu dem Roman *The Third Miss Symons*, der von den Kritikern durchweg gelobt, für den Edmond de Polignac Prize nominiert und von der Frauenrechtsbewegung für eigene Zwecke vereinnahmt wurde. In dem Bemühen, einen geistigen Entfaltungsraum zu finden, wurde Mayors Interesse an den Frauenrechtsfragen und Frauenvereinigungen geweckt, die zunehmend in das tagespolitische Geschehen vordrangen. Bestärkt darin wurde sie durch die Sozialreformerin Mary Sheepshanks, mit der sie seit ihrem Studium in Cambridge befreundet war und durch

---

[*] Flora Mayor zog mit ihrem Bruder an den Canynge Square, jenen Ort, den E. H. Young unter dem Namen „Chatterton Square" zum titelgebenden Schauplatz ihres letzten Romans machte. Ob sich Flora Mayor und E. H. Young persönlich kannten, ist nicht überliefert.

die sie die Bekanntschaft des Philosophen und Religionskritikers Bertrand Russell machte.

Mit der Figur Henrietta Symons hatte Flora Mayor ihr ganz persönliches Thema gefunden. In den Einlässen der Erzählerfigur lässt Mayor keinen Zweifel daran, dass an dem Werdegang der Titelfigur vor allem der Zustand einer Gesellschaft schuld ist, die außer Heim und Herd für Frauen keine Lebensaufgaben, geschweige denn geistigen Entfaltungsmöglichkeiten vorsah: „Selbst jetzt, wo es ein gewisses Maß an Wahlmöglichkeiten und Freiheit gibt, findet es eine Frau, die mit neununddreißig Jahren auf ihre eigenen Fähigkeiten zurückgeworfen wird, ohne vorherige Ausbildung und ohne offensichtliche Anrechte und Pflichten, nicht sehr leicht zu wissen, was sie mit sich anfangen soll." (7. Kapitel) Eine noch provokantere Darstellung des Phänomens der alleinstehenden Frau folgte 1914 mit einer Kurzgeschichte: In „Miss Browne's Friend", in Fortsetzungen in der *Free Suffrage Times* veröffentlicht, stellt Mayor eine wohlhabende unverheiratete Frau, die titelgebende Miss Browne, der jungen Prostituierten Mabel gegenüber, die Miss Browne auf den Pfad der Tugend zurückführen möchte. Unterlegt mit einer sexuellen Verquickung zwischen der Hauptfigur und ihrem uneinsichtigen Schützling bricht Mayor mit den für Autorinnen bestehenden Konventionen der thematischen und gestalterischen Schicklichkeit, dies umso drastischer, als sie immer auch den Blick auf eine göttliche Sinngebung in der menschlichen Existenz hält.

Durch den erneuten Entschluss, ihrem Bruder Henry den Haushalt zu führen und ihn bei seiner Tätigkeit als Hausvater am College in Clifton zu unterstützen, geriet ihre schriftstellerische Arbeit in den Hintergrund. Hinzu kamen die durch den Ausbruch des 1. Weltkriegs bedingten Lebenseinschränkungen. Zwischen den

Jahren 1915 und 1919 veröffentlichte Flora Mayor nur einige kritische Artikel. Nach einer konfliktvollen Zeit legte Henry sein Amt nieder. Flora kehrte wiederum nach Queensgate House zurück, wo sie gemeinsam mit ihrer Schwester Alice den Rest ihres Lebens verbrachte. In der Zeit von 1920 bis 1922 arbeitete sie an *The Rector's Daughter*. Setzte Mayor in *The Third Miss Symons* noch auf eine nüchterne, überaus reduzierte Erzählweise, lässt sie in ihrem bekanntesten Werk ein bildreiches und detailvolles Lebensportrait entstehen, das in seiner Figurenvielfalt und mit dem eindringlichen Motiv einer unerfüllten Liebe die Kritiker beeindruckte. Von Virginia und Leonard Woolf verlegt, wurde *The Rector's Daughter* 1924 ein literarischer Erfolg, von dem auch E. M. Forster begeistert war. Mit ihrem letzten Roman, *The Squire's Daughter*, versuchte Mayor 1929 vergeblich an den vorherigen Erfolg anzuknüpfen. Allzu plakativ erschien den Rezensenten die Geschichte vom Niedergang der Familie DeLacey als Folge des 1. Weltkriegs. Auch die Versuche, einige Geistergeschichten zu veröffentlichen, mit denen sie, ebenso wie May Sinclair, den erneut blühenden Spiritismus bediente, aber auch ihren Verlust von Ernest Shepherd weiterhin zu verarbeiten suchte, verliefen ins Leere. Hinzu kam eine dramatische Verschlechterung ihres Gesundheitszustands. Seit Collegetagen hatte Mayor mit Asthma zu kämpfen. Von einer Grippe sollte sich Flora Mayor nicht mehr erholen. Sie verstarb im Februar 1932. Ihre Zwillingsschwester Alice, die erst im Alter von 86 Jahren 1961 verstirbt, und die Brüder Henry und Robin bemühten sich um das literarische Erbe. Posthum erschien 1935 eine Sammlung mit Geistergeschichten, *The Room Opposite and Other Stories*. Das Gesamtwerk der Autorin blieb überschaubar und doch in seiner erzählerischen und thematischen Kraft einzigartig.

Meike E. Fritz ist promovierte Literaturwissenschaftlerin mit einem Forschungsschwerpunkt in der anglo-amerikanischen Romanliteratur des 19. und 20. Jahrhunderts. Sie ist als Lektorin und Übersetzerin tätig. In der Reihe „Anglophilia – die besondere Bibliothek" stellt sie englische Autorinnen aus der ersten Hälfte des 20. Jahrhunderts vor, die sich jenseits des etablierten Literaturkanons befinden und dennoch eine bedeutende Verbindung zwischen Tradition und Moderne darstellen.

In der Reihe „Anglophilia – die besondere Bibliothek"
sind bisher erschienen:

E. H. Young, 1880-1949

William
(ISBN 978-748-117421)
Miss Mole
(ISBN 978-374-6027616)
Chatterton Square
(978-375-1955744)

May Sinclair, 1863-1946

Leben und Tod der Harriett Frean
(ISBN 978-375-4351390)